U0918929

—— 作者 ——

约翰 · D. 莱昂斯

美国弗吉尼亚大学法语教授，法国荣誉军团骑士。曾以访问学者的身份前往巴黎三大进行学术交流，并曾担任位于巴黎的美国电影和评论研究中心负责人。

[美国] 约翰·D. 莱昂斯 著　宋旸 译

牛津通识读本·

法语文学

French Literature

A Very Short Introduction

译林出版社

图书在版编目（CIP）数据

法语文学 ／（美）约翰・D.莱昂斯（John D. Lyons）著；宋旸译. —南京：译林出版社，2022.9
（牛津通识读本）
书名原文：French Literature
ISBN 978-7-5447-9342-1

Ⅰ.①法… Ⅱ.①约… ②宋… Ⅲ.①法语－文学研究－世界 Ⅳ.①I106

中国版本图书馆CIP数据核字（2022）第133502号

法语文学 ［美国］约翰・D. 莱昂斯 ／ 著 宋 旸 ／ 译

责任编辑 王 蕾
特约编辑 荆文翰
装帧设计 孙逸桐
校 对 蒋 燕
责任印制 董 虎

原文出版 Oxford University Press，2010
出版发行 译林出版社
地 址 南京市湖南路1号A楼
邮 箱 yilin@yilin.com
网 址 www.yilin.com
市场热线 025-86633278
排 版 南京展望文化发展有限公司
印 刷 徐州绪权印刷有限公司
开 本 850毫米 ×1168毫米 1/32
印 张 4.75
插 页 4
版 次 2022年9月第1版
印 次 2022年9月第1次印刷
书 号 ISBN 978-7-5447-9342-1
定 价 59.50元

序　言

刘成富

法语文学有一千多年的辉煌历史，大致可以分为两个阶段：前五百年和后五百年。文艺复兴前五百年为中世纪文学，主要作品有《罗兰之歌》、《列那狐的故事》、《玫瑰传奇》、《特列斯丹和约瑟》以及弗朗索瓦·维庸的《小遗言集》、《大遗言集》等；后五百年则是16世纪以来的所谓“现代文学”。文艺复兴使法兰西开始步入真正意义上的文学强国，先后走出了拉伯雷、蒙田、高乃依、拉辛、莫里哀、伏尔泰、卢梭、博马舍、司汤达、巴尔扎克、雨果、大仲马、小仲马、莫泊桑、凡尔纳、波德莱尔、普鲁斯特、罗曼·罗兰、瓦莱里、加缪、萨特、昆德拉、勒·克莱齐奥等一个又一个举世瞩目的大作家，他们成功地跨越了国界，备受世界各国读者的青睐和爱戴。

法语文学可谓佳作纷呈，群星璀璨，一直闪耀着法兰西独特的思想光辉。但是，要想真正了解和把握法语文学的概貌和民族特性，其实并不是一件容易的事，最好有一部类似文学史的导读来加以引导。牛津大学出版社推出的《法语文学》正是出于这一构想。这部小册子的编写理念很新，不是常规意义上对名家名著的简单罗列，也不是对作家生平、作品梗概及其影响进行独立成篇的概述，而是以作品里的主人公、作者所处的时代诉求或人的天性等话题为切入点，以时代发展的顺序为主线，采用比较和串联的方式加以综合论述。这种编写的方式犹如一个多声部的、和谐统一的“交响乐”。例如，在第一章中，作者把关注的目光聚焦于“圣人”、“狼人”、“骑士”和“被诅咒的诗人”，通过对这些人物的介绍和分析，巧妙地将长达数百年的法国中世纪文学特征揭示了出来，而且围绕“忠诚”和“品格”这两个主题，凸显了那个时代的宗教色彩和备受推崇的忠君报国的崇高理想。主人公的形象生动且具体，便于读者记忆和发挥。从第二章开始，导读把我们带进了法国“现代文学”。文艺复兴是个具有划时代意义的思想运动，但也引起了法国社会的动荡不安，法国人遭遇了前所未有的内忧外患。同时，“君权神授”的思想受到了严峻挑战。作者围绕“罗马人”、“食人族”、“巨人”以及现代生活中的“女主人公”展开论述，因为这些人物分别是拉伯雷、龙萨、杜贝莱、蒙田等人笔下人文思想的载体，极具说服力，能够集中体现16世纪法国文艺复兴的民族特性。

显然，这部《法语文学》想要回答以下几个问题：一、如果法语文学史可大致分为几个阶段，那么，各个阶段的社会主流意识是什么？二、在参与或推进社会主流意识的时候，法语作家对法国乃至世界文明进程有什么样的贡献？三、如果说过去有法国文学与法语国家文学之分，那么，法语文学又将如何进行定义呢？四、文学与历史学、社会学、哲学、法学的关系又是什么？法语文学研究的边界又在哪里？要回答好这些问题，需要的是高超的写作技巧和非同寻常的智慧和胆识。

不可否认的是，这部《法语文学》十分关注重大的历史事件，文学视野极为开阔，将文学研究纳入了文化研究的范畴。书中跨越时空的文学与史学的串联比比皆是，举不胜举，让读者从中获得了文本之外意想不到的收获。在阅读的过程中，中世纪的蒙昧主义、文艺复兴时期的人文精神、古典主义的理性原则、启蒙时代的平等思想、资产阶级的唯利是图、殖民时代的对外扩张，以及两次世界大战带来的异化和虚无主义思想，成了我们思考和关注的焦点。确实，法国作家有思想，有行动，有一种知识分子与生俱来的责任担当。第三章重点论述了高乃依和拉辛的悲剧以及莫里哀的喜剧，围绕社会政治需求，让我们发现在路易十三、路易十四时代，法国知识分子在维护王权和捍卫理性方面功不可没。社会的发展总是波浪式前进的，到了18世纪，法国社会开始动荡不安，像16世纪一样，人的天性再一次被放大。有关出身、等级和文明的“自然”基础等成了文学思辨的对象。在第四章里，作者紧扣“人的天性”将我们带进了狄德罗、伏尔泰、卢梭等人的精神世界。细心的读者会发现，牛津推出的这本小册子还为法国大革命独辟了一章，博马舍的《费加罗婚礼》似乎成了法国大革命的代名词，“阶级”、“人权”、“平等”和“自由”成了导读重点论述的对象。在这一章里，作者不仅把启蒙运动与文艺复兴联系起来，把蒙田与《法兰西组曲》的作者伊莱娜·内米洛夫斯基联系在一起，还提到了中国读者不太熟悉的杜拉斯公爵夫人的短篇小说《欧丽卡》。此外，我们还读到了撰写《人权宣言》的背景、把修道院改造成先贤祠的经过，以及《红与黑》里的主人公于连走向毁灭的深层次原因。

《法语文学》颇具启发性和拓展性思维，通过《茫茫黑夜漫游》的导读，我们对塞利纳等一批“法奸”、第二次世界大战以及纳粹集中营又有了一个新的认识。这样的导读不仅有助于我们正确把握法语文学的发展脉络，而且也有助于我们了解法兰西在不同时期的民族特质。导读将法语作家置于一个大的历史文化背景之下，有助于我们从人类文明进程的角度来对文学作品进行全方位的观照。第八章论述的是20世纪的法语文学，作者以“自我中心意识”为题，巧妙地把存在主义、荒诞派戏剧和新小说串联到了一起。作者以加缪的《局外人》为起点，然后引入萨特、波伏瓦、贝克特、尤奈斯库、罗布-格里耶、布托尔、萨洛特和杜拉斯等一批先锋作家，思路自然、清晰、流畅。创作的时代背景是不容忽视的，因为这些作家深受第二次世界大战的影响，“荒诞感”和“虚无感”无处不在，生命哲学也就成了他们文学创作的主旋律。这样的导读给人的感觉可能是，与其说萨特、加缪是文学家，倒不如说他们是哲学家。更有甚者，新小说和荒诞派戏剧不仅主题荒诞，而且形式也荒诞。典型环境里的典型人物消失了，支离破碎的故事情节走到了极端，令读者云里雾里，甚至觉得进入了疯人院。但是，导读告诉我们，这正是荒诞派戏剧所刻意追求的艺术效果。

值得注意的是，导读的最后一章论述的是近几十年的当代法国文学，但关注的核心则是“法语文学”。这一章是以疑问句“说法语的主人公无国界？”为题展开论述的，动机不言而喻，旨在更新我们对法语文学概念的认知。“法语文学”是一个新概念。“法国文学”指的是法国本土文学，而“法语国家文学”指的则是比利时、卢森堡、加拿大魁北克地区、非洲法语国家以及加勒比海等地区用法语进行的文学创作。显然，“法语文学”的概念要广得多，涵盖了移民到法国国内的外国作家，或移民到法国之外，但仍然用法语进行文学创作的人，当然也包括世界上任何一个用法语写作的人。新概念的提出自然也引入了诸多新的研究视角，例如，逻各斯中心主义、殖民文化、种族主义、文化身份、文化多样性以及世界多极化等。

这部《法语文学》短小精悍，从中世纪的英雄史诗《罗兰之歌》直至2008年获得诺贝尔文学奖的勒·克莱齐奥，几乎无所不包，区区几万字，生动地表现了法语文学的独特魅力，同时为我们开辟了一个全新的认知和思考空间。

目　录

引言：遇见法语文学

法语文学的遗产在时间和空间上都非常丰富、多变和广泛，无论对其直接受众，也就是法语阅读者而言，还是对通过翻译和改编电影接触到它的世界范围内的受众而言，都非常有吸引力。法语文学最早的杰出作品创作于11世纪的法国北部，而如今，在21世纪之初，法语文学作者遍布世界各地，从加勒比海到西非，他们的作品可以在法国，以及法语国家的书店和图书馆里找到。许多世纪以来，法语也是整个欧洲的贵族和有学养的精英使用的语言。

什么是“法语文学”？

“法语”和“文学”这两个词都是不确定的术语。“法语”的边界在哪里？从历史的角度说，“法语”这门语言在生活于今天的“法国”境内的人民中实际占有统治地位，仅仅始于19世纪末，当时的普及教育把巴黎和精英的语言带到了说方言的人们中间，他们有的来自布列塔尼半岛，说布列塔尼语，有的来自西南海岸，说巴斯克语，还有人说各式各样的奥克语，比如南部的加斯科涅语和普罗旺斯语，还有东北的阿尔萨斯语。此外，有很多曾经使用法语，以及现在用法语写作的重要作家并不生活在我们谓之“法国”的欧洲土地上，尽管在很多情况下他们被认为是法国公民（他们居住在马提尼克岛、瓜德罗普岛、新喀里多尼亚等地），或前法国殖民地的公民，如魁北克和塞内加尔。很多母语不是法语的作家选择用法语创作他们绝大多数的作品，比如塞缪尔·贝克特。另一些生于法国或是法国公民的作家，选择不用“法语”写作：弗雷德里克·米斯特拉尔和贝克特一样是诺贝尔文学奖获得者，他就是用普罗旺斯语写作的。至于“文学”，这个术语通行的用法始于19世纪，当时长久以来被称为“诗歌”或美文的文体与作为大学文学研究基础的回忆录和随笔混为一体。文学就是我们阅读的、并非不得不读的东西——我们不带着直接、详尽的目的阅读的东西，这样想有点轻率，但很有用。

从主人公开始

抓住法语文学的起承转合，在某种程度上，意味着对其传统演变的主要文本有想法，对它们如何彼此联系呼应有意识。进入这个传统，首先可能会迷失。幸运的是，不得不与陌生的社会发生关系、不得不在观察其他人的同时定义自己的位置，或许是法国传统中某些主要文本的中心议题。无论是由于选择还是环境所迫，很多法语文本的主人公都发觉自己处于矛盾的境地，或者与其社会的绝大多数成员相隔绝。这往往是作家们批评、论战、说教（公正地说，法语文学可以被称为观点文学）时的文学策略，但它也可以是情感动荡的源泉，这种骚动比纯粹理智的洞察更能引起读者的共鸣**体验**。

以中心人物或主角来看待文学作品是有意义的，因为纵观历史，史诗、悲剧、短篇故事，以及诗歌，都经常以主人公的名字为作品名，无论是英语文学里的《贝奥武夫》或《哈姆雷特》，法语文学里的《囚车骑士兰斯洛特》《巨人传》《厌世者》《查铁敦》《康素爱萝》《包法利夫人》《恶劣的玻璃匠》《大鼻子情圣》《娜嘉》《O的故事》等。不过即使在标题没有显示中心人物名字的作品中，对于他或她的特点、思想、行为的聚焦，也使主人公成为探索文学作品的明显的出发点。需要注意的是，“主人公”这个词也适用于主要角色是作者的某个视角的文本，例如很多诗歌或自传文本（“某个视角”意味着我们通常假设它是第一人称的叙述者的再创作，就像龙萨在他的情诗里美化或神化了“龙萨”，或卢梭在《忏悔录》里描写的自己一样）。由于文学史中的绝大多数作品都有中心人物，所以研究人物为比较一段时期内的，或不同时代的作品，提供了一条捷径。

主人公必须遇到问题。如果他们没有，那就不会有故事，不会有探索，不会有需要克服的困难，不会有有待解开的谜团，不会有需满足的欲望，也不会有要打败的敌人。此外，在法语文学传统中，中心人物往往存在这样一种独特类型的问题，以至于他们被称为“问题英雄”（男女主人公的状态和社会地位岌岌可危），甚或“反英雄”（《牛津大词典》定义其为“完全不同于常规英雄”的主要人物）。选择哪一类人物作为情节的焦点，以及人物与他（她）的社会的关系，可以告诉我们有关一个文学文本及其时代的很多内容，无论这个人物是按照社会盛行的标准被描述得非常好，还是以不可取的方式被描写得不同寻常。例如，卢梭的《爱弥儿：论教育》中的“爱弥儿”，并不是那个时代最复杂或最令人信服的角色，但是他呈现了人类天性和儿时影响的一个革命性的范式。

在接下来的篇幅里，我们将会遇见很多主人公，在其故事初次被讲述或出版的年代，他们往往引起争议，但现在，他们是法语文学传统的核心，也是我们解读其时代的核心。作为比较，我们还将看到其他一些人物，主人公们通过与他们的差异得以自我定义。随后的章节在很大程度上对应了法语文学的传统历史时期，在每一章都会详细讨论三到四个代表性文本，其他文本将被简要提及以做对比，并建议延伸阅读。

第一章

圣人、狼人、骑士和被诅咒的诗人：中世纪的忠诚和品格

中世纪文本中的主角告诉我们聚焦于其上的那个时期的世界观。在11世纪，当文学以不同于拉丁语的白话，即古法语出现时，被称为法兰西的领土有着不一样的边界线，并且与我们今天所了解的国家身份或组织毫无关系。我们会将其描述为在地理上和政治上高度非中心化（“非一中心化”这个概念本身就是我们根据法国应有一个“中心”的假设逆推而来的）且社会组织个性化。在封建体系中，权力、身份、土地所有权或使用权，甚至是从一个时代到另一个时代的时间感，都取决于既定时间内既定地点的执政者。忠诚转移，权力和财富，根据个人的手腕和运气，随着统治家族一代又一代地变化。贯穿整个社会的是一个国际化的体制框架，教会，它提供了一种勾画欧洲南部和西部边界的元一认同。在这种语境中，无怪乎文学作品中的主角们（这些文学作品几近千篇一律地以诗歌的形式出现），主要展现的是他们的忠诚，这是封建社会中最重要的价值。

圣人的生活

通常被认为是法国第一部实质性文学作品的文本，讲的是主人公决心尽忠于哪位领主。《亚勒叔一生的意义》（1050，下文简称《一生》）讲述的是5世纪时罗马的一位富有贵族的独生子的故事，他年少成婚，于新婚当夜逃走，并告诉他的新娘，“现世没有完美的爱情”。他漂洋过海去往叙利亚，在那里隐姓埋名生活了十七年，进行精神上的苦修。但是由于他开始被人尊敬，所以又从居住的地方逃走，开始远航，结果天不遂人愿，又漂回了罗马。他回到家乡，无人识破，在他父亲府邸的台阶下当了超过十七年的乞丐。他的身份直到去世才通过他临终时对自己一生的记录被发现，但是我们读到的以他的视角写的《一生》肯定与他自己的记录有显著不同。记叙体的《一生》在他去世后仍在继续，包括他的母亲、父亲和处女遗孀对他的哀悼，并指出神圣英雄主义计划，即圣洁本身的复杂性。他的母亲放声大哭，对死去的儿子说：“哦，孩子，你是多么恨我！”这里，对于她是否猜测亚勒叔因为从国外来时她没有认出他而憎恨她（他没有：记叙体的《一生》向读者，而没有向他的家人，交代得很清楚，亚勒叔曾决心终其一生不被人认出）或者她是否猜测这种仇恨造成了他最初的离开，并促使他完全脱离家庭，仍存在一种模糊性。

无论如何，这首诗清楚地表明，这种类型的英雄主义需要付出代价。爱圣人的那些人的情感代价要大于圣人本身，因为毕竟圣人选择了自己的优先事项。然而当家人痛苦时，整个群体却因圣人的出现而受益，圣人的灵魂直接升上天堂，与主同在：“圣亚勒叔的灵魂与肉体分离；/它径直升入天堂。”罗马的人民、皇帝，以及教皇都在庆祝拥有了一名圣人的肉身，它从今往后将作为他们拥护主的证明。《一生》像其他时代的很多文本一样，对多种解读，对支持和反对英雄所代表的价值的不同论据，呈开放姿态。但这并不代表《一生》的作者自己态度模糊。很明显，对作者和11世纪的绝大多数读者而言，亚勒叔代表了基督徒的胜利，超验的价值。相比大型社会单位，比如教会、城市以及帝国，家族野心和性爱是次要的。另一方面，启发性的阅读并没有阻止我们在后来的作品中看到类似的价值冲突，其主角为了对他们而言更为强烈的感召，牺牲了自己的家庭，比如高乃依《贺拉斯》（1640）中的主人公或福楼拜《包法利夫人》（1856）中的女主人公。

狼人——源自凯尔特人的无名英雄

狼人像圣人一样，很难有同伴，然而对狼人的忠诚是故事（也许要唱出来）的关键，出现在《一生》之后一个多世纪的一系列叙事诗中。玛丽·德·弗朗斯（1160—1180）的《短歌故事集》借鉴了法兰西承袭至今的两种文学传统：普罗旺斯的行吟诗人和布列塔尼的凯尔特人口头叙事诗。它们可能是在英国宫廷为说法语的诺曼听众创作的。《短歌故事集》里的很多篇目都与婚姻不幸的女性有关（在先后成为法国王后和英格兰王后的阿基坦女公爵埃莉诺的宫闱中，对爱情的讨论不乏诡辩），但其中有一篇脱颖而出，既因为其标题文字《狼人之诗》(《毕斯克拉弗莱》)的独特性，也因为它表现了对遭妻子背叛的丈夫的同情。

玛丽特别将《狼人之诗》这个故事的起源指向凯尔特人，同时又认识到她的听众是法国人：“我不愿忘记毕斯克拉弗莱：/毕斯克拉弗莱是他的布列塔尼名字/但是诺曼人叫他狼人。”主人公(我们只知道他是“一位领主”，因此他真的无名至斯)与其他人别无二致，除了他每个星期都有几天需要摆脱人类的身份。这种变形无疑表现出凯尔特文学对于魔法，以及人类与其他生物或幻想造物之间的渗透性边界的喜爱。不过，人们时常注意到，玛丽在她复述的传统故事中将超自然的因素降至最低，在《狼人之诗》这个例子中，主人公向非人类形态的转变，可能仅仅以暴力的普通爆发，或一个人不是“他自己”的时刻的方式表现。简单地说，丈夫的反常行为就是脱光衣服，赤身裸体地在树林里到处奔跑。叙述者一开始就告诉我们，“在过去，很多人曾变成狼人”，因此，这种特征本身并没有被表述为邪恶的或必然使人惊恐的。真正的问题，在许多其他时期的文本中(比如让·德·拉封丹的《普赛克与丘比特之爱》，1669)作为主题出现的一个问题是对所爱之人的信任的缺失。他对她极尽温柔，他足够信任她，向她倾吐他是狼人的隐秘。然而她回报丈夫的只有恐惧和嫌恶。妻子偷走了他变成人时所需的衣服，他因此被困在狼的形态里，直到正义被伸张，“短歌”迎来幸福结局。显而易见的是，狼人形态的丈夫的行为，表现出的对君主的高度忠诚，这是保证他胜利并回归人类身份的价值之所在。

中世纪法国北部方言和中世纪法国南部方言

书面的古法语于842年在“斯特拉斯堡誓言”中出现。我们所谓的古法语是现在法国北部的语言，有时被称为“langue d’Oïl”（“‘是’的语言”），以便与南部说和写的语言（langue d’Oc或欧西坦尼亚语，其中最广为人知的是普罗旺斯语）区分开，在南部，“是”的说法是oc。普罗旺斯语是行吟诗人（在普罗旺斯语中是trobador，即吟咏或吟唱自己作品的诗人）或特罗巴里兹（女性行吟诗人）的语言。古法语与现代法语差异很大，现代法语的书写形式自17世纪以来未有大的变化。今天，许多法国读者依赖于越来越多的中世纪诗歌双语版本，这些版本将原本的古法语和现代法语翻译并排呈现。

史诗：武功歌

尽管《狼人之诗》中的狼人绅士是位骑士，“短歌”却并没有专注于他人形时的所作所为。不过，骑士行为是该时期另外两种主要文体，**武功歌**和**小说**的主人公的表征核心。在一个高度个人化的系统中，例如封建主义，主人公的功用和忠诚被反复考察。英雄们寻求机会去展现他们的聪慧和价值。最早、最伟大的武功歌是12世纪的《罗兰之歌》，作者已不可考。在武功歌中，首当其冲的是军事实力和对君主的忠诚。在同时代的小说（或罗曼史）

中，骑士面临着在立下军功与虏获心爱的女人之间找到平衡的挑战，正如我们在克雷蒂安·德·特鲁瓦的《艾莱克与埃尼德》（约1170）中看到的那样。

《罗兰之歌》如同其他近120首幸存于世的武功歌（字面意思是“关于完成之事的歌”，从拉丁语res gestae而来）一样，写的是查理大帝（法兰克国王，768年至814年在位，800年加冕称帝）统治时期的事件，但它是在相关事件发生三百年之后才被撰写出来的。《罗兰之歌》讲述了法兰克军队从西班牙北部撤离时发生的一场战斗，当时英雄罗兰指挥的后卫部队留下殿后，罗兰被描述为查理大帝的侄子。详细情况，包括这层亲属关系，与现今对比利牛斯山脉中那场与“异教徒”和多神教撒拉逊人的小规模战斗的历史描述大相径庭（在那场成为《罗兰之歌》基础的历史性相遇中，敌人很有可能不是穆斯林）。

在《罗兰之歌》里，通过对战斗和伤亡的大量血腥描写、对事件的重复及公式化的描述性短语，一切都被夸大了。在一个纯粹的男性社会中，角色在战斗中表现出他们的英勇，他们在荆棘谷之战中肢解并杀死了大量的战士，但主人公的核心困境事实上是道德上的：是否要向主力部队求援，鉴于对战双方悬殊的兵力（二十比一），这是唯一合理的做法。尽管同伴奥利维耶不断敦促，但罗兰拒绝吹响他的号角“坳里风”向查理大帝求援。罗兰回答说：“但愿我的祖先不会因我而遭人指责/愿可爱的法兰西不会蒙受耻辱。”

这种英雄的、近乎超人的、不合常理的行为使得罗兰成为史

图1 荆棘谷之战后，查理大帝找到了罗兰的尸首，《法国大事记》，1460

诗中被歌颂的主体，并且值得，包括在史诗本身之中，成为皇帝和他的军队沉痛哀悼的对象。然而这种骄傲也是一种可怕的缺陷，导致了他两万名部下的死亡。这种困境的矛盾性通过奥利维耶在战斗过程中态度的转变而凸显。首先，当仍有求援的可能时，他敦促罗兰吹响“坳里风”，而当罗兰意识到失败在即时，奥利维耶转向相反的立场，说服前者不要向查理大帝救助，而应承担自己的罪责：“法兰西因你的失职而亡。”通过罗兰这个角色，佚名作者提出了在封建制度中被委以权力后的重任，在这里，生理上的强健、本领以及勇气是重要的，但对忠诚的要求、个人与集体的荣誉二者产生了相悖的需求。

罗曼史

罗曼史的主人公有其他的问题和完全不同的美德——或者，毋宁说，在一个骑士与女性的关系与他和领主以及军队同伴的关系至少是同等重要的世界里，忠诚与荣誉是以不同的方式被考察的。最初，小说（roman）仅仅是对应拉丁语（Latin）的一种指称古法语的方式，但是到了12世纪晚期，它开始指称一种故事类型，在这类故事中，孤胆英雄通过考验提升美德和自我认知，也是在这类故事中，对女性的爱慕起到了重要作用。事实上，在罗曼史传统中，女性被尊敬地描绘，并被给予极大的尊重，女性在其中的地位是罗曼史对最经典的范式引人注目的创新之一。传统上，罗曼史根据其主题分为三类："罗马主题"（取材自古罗马，但更常涉及希腊神话和历史），"不列颠主题"（取材自凯尔特和英格兰），以及"法兰西主题"（关于查理大帝和他的骑士）。

《艾莱克与埃尼德》是克雷蒂安·德·特鲁瓦留存至今的五部罗曼史之一，作者的名字表明了他与特鲁瓦城的关系，香槟伯爵的朝廷就位于那里。当克雷蒂安在朝廷时，它基本处于香槟伯爵夫人玛丽的统治之下，她是阿基坦女公爵埃莉诺的长女。像其他四部罗曼史（《狮子骑士伊万》《囚车骑士兰斯洛特》《克里杰斯：一个罗曼蒂克的故事》《帕西瓦尔，或圣杯的故事》）一样，《艾莱克与埃尼德》属于凯尔特剧目中的亚瑟王宫廷故事，文本从布列塔尼语被翻译成英语和法语。年轻的宫廷骑士艾莱克在一次狩猎中于树林里守卫桂妮维亚王后和她的女仆，他们遇见了一位无名骑士，他身边还伴着一位女士和一个矮人。矮人用鞭子袭击了桂妮维亚的女仆，随后又打伤了艾莱克的脸和脖子。艾莱克必须反击对王后的羞辱，但他没有战斗武器。罗兰的处境在艾莱克这里得到了奇特的回应，因为后者与两位女士掉队了，并且与国王的狩猎部队失去了联系。事实上，他们掉队得太远了，连狩猎的号角也听不到，但与罗兰不同的是，艾莱克安于推迟复仇，直到他拥有了更好的装备，因为匹夫之勇不是真正的高贵。

在找到带着矮人的骑士并打败了他之后，艾莱克与埃尼德坠入爱河，埃尼德是一位贫穷贵族的女儿，这位贵族将必需的武器和盔甲借给了主人公。艾莱克幸福地与埃尼德成婚并生活在亚瑟的王宫里，他看上去拥有了一切，他的故事应该已到尾声，但这只不过是罗曼史的前三分之一，真正的挑战才刚刚开始。艾莱克沉溺于与妻子的情欲，开始失去无畏战士的声誉。告知他坏消息的责任落在了埃尼德身上：“你的声誉下降了。”从某种意义上说，埃尼德因丈夫倾心于她而失去了他。她嫁的是一位令人尊敬的骑士，却发现与自己在一起的是一个愚蠢的爱人。艾莱克的解决方法是与埃尼德一同出发，寻求挑战，从而再次证明自己。接下来的一系列危险遭遇在很多方面看都像是年轻人为了成年和结婚而经历的一种启蒙考验，但在这种情况下，艾莱克有妻子陪伴在侧，他要求她不要说话。从艾莱克的角度看，这似乎是一种倒退：他想要像单身汉而不是丈夫一样历险。但是，在艾莱克每次遇险的关键时刻，埃尼德都打破沉默以给予丈夫重要信息或建议。就这样，艾莱克和埃尼德证明了他们作为一对夫妻也可以成事，并能够调和情爱与骑士精神。他们最后一次冒险遇见了一对未能找到平衡的夫妻，后者最终与周围的社会隔绝，爱情失意，也未能服务外界。

吟唱的“我”

在有关亚勒叔、罗兰和艾莱克与埃尼德的文本中，主人公是谁毫无疑问，尽管文本中有另一个形象，讲述故事的“我”。作者，或者作为讲述者的作者的自我代表，很早就在法语文学中出现了。法兰西的玛丽经常提醒听众，是她编写了“毕斯克拉弗莱”的故事，以及其他“短歌”中主人公的故事，如《夜莺颂》的开场白：“我将要向你讲述一场奇遇。”但是这种第一人称的用法使诗人处于展示他人故事的位置。

中世纪后期，诗人以主人公的身份转移到中心位置，讲述她或他自己的故事。在某种意义上，我们可以说，诗人，讲述故事并说“我”的那个人，是中世纪欧洲最重要的文本之一的中心，这个文本就是《玫瑰传奇》（下文简称《玫瑰》），它是一部由上下两卷组成的长篇叙事诗：第一卷由让·德·洛利思于1230年左右写成，第二卷比第一卷长得多，由让·德·梅恩于1275年左右写就。但是在《玫瑰》中，诗人作为一个具体的个体，很快碎化为自己的思想和各种各样的精神力量，这些力量要么把他推向所爱的女人（“玫瑰”），要么阻碍他的追求。这些力量变为寓言人物（懒惰、爱、恐惧、羞耻、自然、理性等等），他们的言行充满了罗曼史，因为在心灵之战（psychomachia），或“灵魂之战”的文学传统中，他们想恋人之所想，这样作者就不会在他的日常中以具体的形象出现，而是代表所有经历着爱的痛苦与困惑的一类人出现。

在《玫瑰》被创作出来的年代，诗人吕特伯夫（1245—1285）在《吕特伯夫怨歌行》等叙事作品中，把自己和自己的日常不幸作为主题，提供了一个更加具体的诗歌形象。他愿意写自己生活中的非英雄事件（例如他自己的不幸婚姻——“我近来讨了个老婆/一个既不迷人也不漂亮的女人”），他也由此创造了一种诗意的声音，讲述他那个时代在一个正在衰败的世界里发生的具体事件。吕特伯夫有两位主要的继承者，这两位诗人和他一样，他们的创作聚焦于他们自己以及一生中的事件。第一位是克里斯蒂娜·德·皮桑（1364—1434），第二位是弗朗索瓦·维庸（1431—1463）。克里斯蒂娜·德·皮桑生于威尼斯，父亲在她幼时成为查理五世的顾问，她也随之来到巴黎。她的许多作品都采用自传体的形式，比如《克里斯蒂娜的幻想》（1405），特别是《命运的突变》（1403）。对克里斯蒂娜而言（使用名或名字中的第一个词而非姓氏指称这位作家，以及早期的许多其他女性作家，如玛格丽特·德·纳瓦尔，是文学批评传统的一个特点），写作中对第一人称“我”的使用本身是一种重要的姿态，或者说行为，为女性创造一个权威的声音。这一点在《命运的突变》中得到了生动的表达，克里斯蒂娜在《命运的突变》中成为一名寡妇，她象征性地变成了一个男人，她的声音变沉，以便她能够继续职业作家的生涯。

弗朗索瓦·维庸尽管一生短暂，作品寥寥，但从15世纪起，他就在法语文学中占据了一个特别的位置，自文艺复兴以来不断重印，当时的诗人克莱芒·马罗（1496—1544）使他广受欢迎，马罗认为维庸在抒情诗和不幸这两方面都是先驱。维庸是一位典型的“poète maudit”（“被诅咒的诗人”，或“噩运不断的诗人”）。他神话般的生活，被极大地美化，已经成为多部电影的主题，他的诗也经常被改编成音乐——1953年，乔治·布拉桑录制了音乐版《歌昔日女子》。作为学士、诗人、盗贼以及杀人犯，维庸或许可以被称为（我们在后来的流浪汉小说中看到的）系列犯罪主角的第一人。尽管很多（即使不是绝大多数）法国诗人是中产阶级或上

在这首被称为《绞刑犯谣曲》的诗中，维庸采用了他典型的挽歌体。这是第一节。

在我们之后存世的人类兄弟，
请不要对我们铁石心肠，
只要我们受到你们怜惜，
上帝就会提前对你们恩赏。
你们看到我们五六个紧相傍：
我们的皮肉，曾保养得多鲜活
早就被吃光和烂掉剥落，
我们的骨头成了灰烬和齑粉。
没有人嘲笑我们的罪恶；
请祈求上帝，让大家宽恕我们！（郑克鲁译）

层阶级，但边缘阶层对抒情传统仍具有持久的吸引力（也许正是为了补偿社会的僵化阶级分层）。

维庸为后来的许多法国诗歌设定了范式，在这些诗歌中，时间的流逝和死亡的来临是压倒性的主题，并与巴黎生活的具体细节相联系。主人公，诗人，将自己定义为一种造物，其短暂的存在是由他周围世界的脆弱性来衡量的，这便给了世界以无所不在的咏叹，如《歌昔日女子》中的“去日之雪今何在？”，生活在社会边缘的识字的行吟者（一种非常受像奈瓦尔、波德莱尔这样的19世纪承袭者欢迎的人物），尽管维庸的这种自我描述具有反英雄的性质，但这种描述与圣人的生活有很多相似之处，因为圣人也生活在恒久的死亡阴影、恐惧和幻灭中。

第二章

最后的罗马人、“食人族”、巨人，以及现代生活中的女英雄：古典与复兴

文艺复兴时期与古代的重新接触，对法国的文化身份以及法国每个人的身份提出了挑战。对于法国和法国人而言，意大利的文化活力是其模仿和焦虑的源泉。文艺复兴时期文化的奇怪逆转意味着法国作家、画家、建筑师和音乐家的最新成就越来越被视为过时，而希腊和罗马的更为古老的文学、哲学、艺术遗产被重新发现，焕发出新鲜感。在意大利，这种转变发生得早得多，始于15世纪中叶，随着君士坦丁堡的陷落，以及希腊学者和手稿大量涌入该半岛而发生。

法国人自1494年以来就在与意大利交战。这些运动在法兰西国王弗朗索瓦一世（1515—1547年在位）治下继续进行，促进了意大利文化影响力的提升。可以说，当弗朗索瓦一世邀请莱昂纳多·达·芬奇来卢瓦尔河谷的昂布瓦兹城堡定居时，他确实给法国带来了意大利文艺复兴时期的文化。1519年，这位艺术家兼博学家在那里去世。紧随莱昂纳多其后的还有意大利的其他很多艺术家，比如切利尼、普列马提乔和塞里奥。意大利对法国的影响在弗朗索瓦一世的儿子，未来的亨利二世，与凯瑟

琳·德·美第奇于1531年成婚时得到了加强，后者从佛罗伦萨带来大批随行人员。弗朗索瓦一世还建立了王家学院（也就是今天的法兰西公学院），以替代中世纪的索邦学院，并经常从国外聘请最杰出的希腊语、希伯来语和古典拉丁语学者，为法国人民提供与古代世界直接的文本交流途径。15世纪末，印刷术从德国传入法国，印刷店的迅速扩张使书籍，包括《圣经》在内，得以面向越来越多的读者。

很快就出现了两个主要的身份问题。第一是法语和法国文化本身的性质——法语能否与古代和当代意大利语相媲美，成为诗意和智识表达的载体？第二是宗教的动荡。福音运动要求直接了解《圣经》文本，由此为个体意识提出了选择的责任或重任。1529年，雅克·勒菲弗·德·埃塔普勒出版了第一部法文版《圣经》。

法国的薄伽丘

弗朗索瓦一世周围萦绕着机遇和革新的氛围。他的姐姐玛格丽特·德·纳瓦尔鼓励并赞助了福音运动。她还撰写（或合作撰写）了法国传统中最引人入胜的短篇小说集之一《七日谈》（于她去世后九年的1558年首印）。书名不是作者起的，而是因文集总共有七十个故事而得名。玛格丽特·德·纳瓦尔似乎打算总共完成一百个故事。每个故事都围绕一个人展开，通常是女性，据说是玛格丽特自己同时代的人。小说集中有国王、王后、公爵夫人和骑士，但是也有磨坊主、僧侣、铁匠、修女和公证人。强奸、谋杀、监禁以及通奸和下流笑话比比皆是。反派通常是天主教团体成员或是国王侍从，而带有好人光环的角色通常是（很难概括这本看似简单却又极其复杂的书）那些遵从良知并与强权斗争的人。尽管“现实主义”一词直到几个世纪之后才被用于形容文学，但玛格丽特在书的序言中声称这是对当时世界的准确再现。

玛格丽特直接有力地将这一主张与法国在意大利文艺复兴影响下界定其民族文化的意图相联系。序言为其后的故事构建了一个叙事框架：由五名女士和五位绅士组成的一群人同意讲述他们通过个人经验认为是真实的故事。以这种方式，这本书同时宣称了一种“民族主义”的文学形式，因为它承认薄伽丘的《十日谈》是其范例，但它宣称，在这本“法国的”文集中，故事都是真实的，不会因修辞而改变。这条规则是否被严格地遵守是一个存在争议的问题，但是它的陈述，以及随后故事中时间和地点的其他细节表明，它试图创建一种现实主义的本土文学范式，并与忏悔、讲真话以及主张个人正义等主题的关键性意愿密切相关，这些主题是与传统教会、家族和其他社会结构对立的。简而言之，尽管玛格丽特的作品包含的故事让人想起早期的叙事传统（中世纪的**韵文讽刺故事**），但它强调了一种作为文学环境的新的民族意识，同时也将“真实”埋入个体意识之中。虽然国王仍是国王，客栈老板仍是客栈老板，但《七日谈》中的所有人物都同样值得我们注意。

一种新体裁：随笔

米歇尔·德·蒙田作品的中心角色是他自己，这个第一人称角色，这个“我”，比我们在吕特伯夫、克里斯蒂娜·德·皮桑，或维庸的作品中找到的都更详细。《随笔集》（字面意思是“尝试”）包罗万象，从消化、性功能障碍和幻想，到人类在宇宙中的位置、上帝的存在、友谊和雄辩。米歇尔·德·蒙田比玛格丽特·德·纳瓦尔（1492—1549）晚出生一个世代，从幼年起就经历了新确立的人文主义（对古代文学的研究）的狂热。他的父亲曾在意大利的法国军队中当过士兵，并显然带回了对一种未变质的古典拉丁语（与中世纪法国大学的教会拉丁语相对）的极大热情。蒙田很有可能是最后一个母语为拉丁语的人。他在他的“论儿童的教育”一章中讲述了这种看似不可能的情况，他解释说父亲聘请了一位古典拉丁语学者，他不仅要与婴儿说话，还要教所有的家庭成员和仆人足够的拉丁语，使他们每天都能和孩子交流。在学习克雷蒂安·德·特鲁瓦的语言之前，蒙田就已经懂得了西塞罗的语言。从某种意义上说，蒙田是最后一位罗马人，是法国文艺复兴时期的象征人物，他集活跃的社会、经济和公民生活于一身［在宗教战争期间，他是波尔多的少校和政客（温和派政客）］，并且认同希腊和古拉丁语文本的智识和想象力。在“谈虚荣”一章中，蒙田回忆说，在看到卢浮宫之前，他就对罗马首都的情况很熟悉了，当他对法国名人还一无所知时，已对卢加拉斯、梅特路斯和大西庇阿有所了解了。他对罗马语言的依恋如此之深，以至于成年后，在他停止说幼时的语言后数年，看到父亲摔倒了，脱口而出的惊呼仍是拉丁语。为了完成对罗马的这一终身认同，1581年3月，他以bulla（加盖公章的证书）的形式获得了“罗马公民”的称号，或者如同他在“谈虚荣”里用法语写的那样，以bulle的形式，这个词既有证书“印玺”的意思，也指“气泡”——虚荣本身的典型代表。

蒙田在他的《随笔集》（1580年出版，版本众多，有1582年版，还有1588年版及1595年的身后版）中详尽的自我描述立刻引起了国际反响。不仅因为蒙田给了这个世界一种新的文体“随笔”（这本书于1603年被约翰·弗洛里奥翻译成英语，书名是《随笔集，或论道德、政治与军事》），也因为他帮助开创了两个在下个世纪变得非常重要的趋势：一是对自我，即moi的内省研究；二是对社会的冷静和经常是祛魅的描述。这两个趋势在17世纪被称为“劝善”文学的作品中最为明显，它们既不是蒙田的个人创作，也不完全是法国的。例如，我们可以在马基雅维里的早期作品，以及蒙田之后不久的西班牙作家葛拉西安的作品中，看到祛魅社会的观点，但《随笔集》不仅是对个人以及社会互动的分析，还展现出一种文学态度，从而吸引了读者，并为早期现代人格提供了一种范式。

蒙田的写作风格提供了一种自然的理想，如同布莱兹·帕斯卡尔日后写到的那样，你希望在这类书中找到一个作家，却为找到了一个人而惊讶和着迷。帕斯卡尔在此指出随笔作为一种体裁的新颖性。当他说没有找到一个“作家”时，是指一个话语受到尊敬的权威人物。尽管《随笔集》借鉴了很多回顾起来可以称为“随笔”（比如，普鲁塔克的《掌故清谈录》和塞涅卡的许多文本）的经典作品，但蒙田说其作品是“尝试”之合集的这一决定，标志着作家和读者关系的转变。作者对自己的作品所表现出的试探性态度，使读者更加投入，也许会有不同意见，也许会发现自己的经历与蒙田的经历有相似之处。在蒙田之后，几个世纪以来，许多法国作家都以这种形式脱颖而出。最近的包括夏尔·佩吉、保罗·瓦莱里、阿尔贝·加缪、保罗·尼赞、莫里斯·布朗肖、罗兰·巴特、玛格丽特·尤瑟纳尔和帕斯卡尔·基尼亚尔。

蒙田把自己描绘成一个多面的人物。当然，重要的是要记住，我们在《随笔集》中看到的不是一个由不同文本拼凑而成的历史人物，而是蒙田通过其写作创造的第一人称角色。他坚持自己个性的方方面面，常常表现为内与外、罗马人与法国人、“蒙田与波尔多市长”、城堡塔里的孤独读者与窗户外的家庭场景之间的对立。对他自身复杂性的这种认识，使得一种具有讽刺意味的超然态度成为可能，这种态度导致了令人惊讶的并置：关于他的消化或肾结石的评论与高涨的哲学思辨同时出现，淳朴的乡下人的活动与王子和教皇的行为一样有教益。这种讽刺性并置最令人印象深刻的例子之一出现在“论食人部落”一章的结尾处，蒙田令人难忘地表述了对文化差异的评价以及“野蛮”一词。从引用普鲁塔克的“皮洛士”开始，转到最近发现的美洲大陆及其居民、亚特兰蒂斯、占卜、斯多葛哲学，以及许多其他问题，在这一典型的迂回曲折的文本中，蒙田得出结论：新世界的“野蛮人”或“食人族”并不比法国人低等。1562年，蒙田在鲁昂遇到了这么一个美洲人，他发现后者的言谈十分睿智，带着令人愉悦的讽刺，惊叹道：“所有一切都很好。但他们偏偏不穿马裤！”

对蒙田，以及他的很多同时代的人而言，美洲新发现的民族似乎可能与被重新发现的古人极其相似。因此，对他的第一批读者来说，看到《随笔集》在希腊—罗马人的生活和当时巴西人的生活之间来回穿梭，就像他们经常做的那样，可能并不会感到如何奇怪。在这些新发现的民族身上，可以瞥见如荷马史诗英雄，甚或可能是亚当之前的人种那般高贵而朴实的生活。过去的欧洲人和现在的美洲人之间的相似性出现在蒙田的“论车马”一章中，他在其中描述了墨西哥人对世界主要时代的概念。他写道，他们像我们一样，相信世界正在走向终结和腐朽。在过去，世界上有巨人，无论是比喻意义上的，还是字面意义上的。

拉伯雷的神秘巨人

世界上最令人难忘的两个巨人出现在医师弗朗索瓦·拉伯雷（1494—1553）的书中，他还为世界贡献了两个重要的形容词：巨大的和庞大固埃式的。高康大和庞大固埃这两个巨人并不是拉伯雷创造的——他们早就存在了，正如1532年出现的一本匿名故事抄本见证的那样，它的标题是《高康大：无比庞大的巨人高康大伟大且无可估量的事迹》——但拉伯雷在1532年至1552年出版的一系列作品中，将他们变成了文学万神殿里的重要人物，其中第一部是他化名阿尔科弗里巴·那西埃出版的。拉伯雷先是方济各会教徒，然后成为本笃会僧侣，在成为一名医生以及至少进行了三次意大利之行以前，参与了天主教内部的改革运动，并对新人文主义学问及其对教育和宗教的影响深感兴趣。

《高康大》的序言提出了该书蕴含着隐秘智慧的观点，并敦促读者吸取“骨髓”。这种对隐藏核心的比喻前有这样一句谚语：“习惯不能造就僧侣：因为一个人可能穿着僧袍，内在却完全不

图2　居斯塔夫·多雷为拉伯雷的《高康大》(1534)所绘插图

是僧侣。”拉伯雷的书中有写给福音派基督教支持者的隐晦信息吗？这些支持者对大学和修道院的天主教神学家深表怀疑。他们是持相反的理性主义无神论观点吗？或者，传达隐藏信息的主张仅仅是公开的喜剧素材附赠的一个笑话？争论依然激烈，但很明显，对于所有正在进行的狂欢（例如，高康大到达巴黎后撒尿淹死了几十万巴黎人）来说，在饮酒、小便和吵架的过程中，存在着有关社会制度的重大问题。该系列书中每一本书的不连续性和情节性将主要人物推至前台，成为主要的结构性元素。庞大固埃是第一部的主角，随后他的父亲高康大成了第二部（是倒叙，或第一部的“前篇”）的主角，而庞大固埃的朋友班努赫鸠则是第三部的中心——班努赫鸠想要结婚，但害怕戴绿帽子，于是尝试了很多方法预测他在婚姻中的命运。

当从现代的角度回顾拉伯雷的主人公时，我们吃惊地留意到通俗文化与教益文化、粗鄙的肉体问题与高度博学的精神问题十分轻松地融合在一起——《高康大》里的饕餮豪饮与柏拉图的《会饮篇》有明确联系。虽然下个世纪的一些作品努力保持这种特点、主题和基调的混合［例如，查尔斯·索雷尔的《弗朗西荣的滑稽故事》（1623—1633）很明显是受到了拉伯雷的启发］，但大多数情况下，高康大和庞大固埃巨大的身形和饕餮胃口，以及他们的幽默，在17世纪的高雅小说、喜剧和悲剧中都无迹可寻。在长达一个世纪的将古典人文文化融入法国（而不是意大利或意大利风格的）文化的努力中，作为典范，拉伯雷显然成功地让学识渊博、机智狡黠的法国主人公深深地扎根于法国的地理、风俗和语言中。

法国十四行诗

意大利的精巧诱惑以及与法式简约的对抗成为文艺复兴抒情诗的主题，尤其是在约阿希姆·杜贝莱的《遗恨集》等作品中，第一人称的诗人角色将罗马的生活与其对家的回忆进行了比较。杜贝莱对塑造现代法语文学的重要性超越了他在抒情诗方面的诸多成就，因为他也是创新诗人团体“七星诗社”的宣言书作者，这是一个由七位诗人组成的团体，成立于1540年代末，其中包括皮埃尔·德·龙萨。这份宣言书，即《保卫和发扬法兰西语言》（1549，下文简称《保卫》）主张丰富法语词汇、建立法语文化库，以使之与意大利语和古代语言相媲美。《保卫》出现在弗朗索瓦一世将法语作为官方文件语言（取代拉丁语）的维莱科特雷王家法令颁布十年之后。因此，《保卫》进一步促进了自国王而始的法国语言民族主义的兴起，并赋予专业诗人不仅限于歌颂国王和军事英雄的角色。《保卫》不仅明确了诗歌——广义上的，不仅限于抒情诗，还包括史诗、喜剧和悲剧——是一门学科，并且相比突如其来的灵感或某种情绪的简单结果，诗人作为造词者和语言建造者的工作赋予了他广泛而多样的文化使命。杜贝莱提出了为法语创造和引进单词的各种方法，但他特别提倡一种观点——模仿主义，即法国作家应该创作古代作品的文学等价物，而不是简单地翻译。换句话说，法国应该有法国史诗、法国抒情诗等等，而非仅仅引进其他国家的作品。杜贝莱的论战作品是记录那一时期诗人们的雄心壮志的档案，但今天我们也可以将其视为法国在面对主导全球模式的其他一切文化（无论是文艺复兴时期的罗马，还是今天的好莱坞）时，努力保持自己身份的早期表现。

遵循诸如奥维德、贺拉斯和卡图卢斯等人的范式，每一位主要诗人都在16世纪大量出现的民谣、回旋诗、诗歌书信、挽歌、墓志铭、讽刺诗（韵文描写，尤其是女性的身体部位）、悲歌、警句和颂歌中，为他或她自己塑造了独特的角色或人格。最重要的作品中，有很多采用以十行诗或十四行诗为韵文单元的形式。十行诗是里昂派诗人（包括佩奈特·德·吉耶和“露易丝·拉贝”——事实上，后面这位很可能只是个虚构的身份，一群男性诗人以此身份出版他们的作品）中的一位，莫里斯·赛福，在他的长篇密文情诗《宽恕，至高的美德》（1544）中采用的形式，这首诗有449个十行诗韵文单元。从另一方面来说，十四行诗的成功更持久，且这种形式本身印证了意大利文学的影响。16世纪最伟大的诗人，和拉伯雷一样受玛格丽特·德·纳瓦尔庇护的克莱芒·马罗，在1530年代将彼特拉克的十四行诗带到了法国。

然而，直到1550年代，十四行诗才在七星诗社的作品中取得了胜利，团体中的每一位诗人，都根据其希望创造的不同人格，赋予了这种形式以不同的调性。例如皮埃尔·龙萨，“龙萨”这个角色被描绘成各种各样饱受爱情折磨的样子，或是被描绘为一名桂冠诗人，以其超凡的语言天赋赋予垂青于他的女性以不朽。以闻名遐迩的《致海伦》（又译作《当你老了》）为例，它的开头是这样的：

当你老了，黄昏时点燃蜡烛，
在炉火旁纺着羊毛，
读起我的诗篇，哀哀叹道：
“我年轻时龙萨曾写诗赞美我。”[①]

诗人巧妙地将自己融入文本中，但不是以第一人称的形式出现，而是让一个角色谈论他，视他为天才。这篇文本是古训“及时行乐”（carpe diem）的变体，在其中，“龙萨”变成一个让人回味无穷的人物。作为“诗歌王子”，龙萨并不羞于歌颂自己的才华，并隐晦地赞颂诗人超然的社会地位。在“答侮辱与诽谤”中，他写到了自己在复兴古代诗歌方面的成功，并对他的批评者断言：“你们无法否认，因为我的丰盛/使你们饱足，我是你们学习的中心，/你们皆来自我的伟大。”

十四行诗的典范：杜贝莱的《遗恨集》

让我们回到龙萨的同伴杜贝莱，《遗恨集》常被认为是其最好的作品，它有助于捕捉法国作家在面对更先进的意大利文化时所感受到的竞争、激情和焦虑。诗人作为在罗马古都的幻灭冒险中的第一人称角色，突出了其民族和语言身份，表达了一个出身于卢瓦尔河谷，混迹于华丽颓废的教皇宫廷之中的谦逊、坦率之人的想法。但《遗恨集》这本书也推动了一种基于偶遇的诗歌理

① 译文引自《最美的诗歌》，徐翰林等编译，中国对外翻译出版公司，2006年。——译注

念——“根据此地的种种事件，/无论是好是坏，我都随机写下”。虽然这一主张在十四行诗艺术大胆、形式局限的韵文语境中确实难以持续，但它把诗意的“我”定位为当代世界的一个谦逊的观察者。这种诗意的人格，尽管多少源自维庸和吕特伯夫，但它很晚才在法语文学传统中发展起来，直到波德莱尔和超现实主义出现，它甚至似乎预示着詹姆斯·乔伊斯的出现，因为杜贝莱在探索罗马城时，试图将古代诗人与史诗英雄，尤其是尤利西斯相比。

《遗恨集》是一部开放式结局的、多变的作品，具有多种风格——讽刺的、挽歌式的、对话式的、描述性的，有时还有激情澎湃的祝词式的（“法兰西，艺术之母，武力之母，法律之母”——他的祖国与罗马的关系发生了惊人的逆转）。它在现代法语文学中最直接的后继者可能是波德莱尔的后浪漫主义作品《恶之花》。在《遗恨集》出版几年后，新教和天主教的不同派别之间的宗教战争深刻地改变了法国文化，并为17世纪更结构化的、往往不那么私人化的文学创造了条件。

旅行过的人懂得尤利西斯的幸福，
抢到金羊皮的人也知晓其中的乐趣，
然后他回到故乡，满怀知识和理性，
和父母共享天伦！
唉，我什么时候才能再见到

冒着炊烟的小村庄，什么季节
才能再见到我家门前的小花园？
它对我来说比一个帝国还辽阔。
比起张扬的罗马宫殿，
我更喜欢祖先打造的茅屋，
更偏爱我家房顶上薄薄的石板，而不是豪华的大理石，
更垂青高卢的卢瓦尔河，而不是拉丁台伯河，
更痴迷我的小村，而不是帕拉丁山丘，
更享受安茹的柔风，而不是海边大风。

摘自约阿希姆·杜贝莱《遗恨集》

第三章

社会及其需求

岌岌可危的和平及新风尚

礼貌、谦逊、谨慎、自我审查、讽刺，以及对世俗生活与宗教生活仪规的高度关注，是17世纪法国的标志。今天回顾起来，我们不禁要说那是一个非常压抑且专制的社会。从那些经历过16世纪后期激烈的内战和宗教战争的人的角度来看，和平与稳定，以及少许的宗教宽容，无疑是受欢迎的。1594年波旁王朝第一位君主亨利四世的加冕礼，通过妥协给法国带来了和平。亨利，虔诚的新教徒让娜·阿尔布雷的儿子，皈依了天主教，同时，困扰瓦卢瓦王朝晚期（被指过于愿意与胡格诺派共存）的激进天主教联盟也放下了他们的武器。

1598年，亨利颁布《南特敕令》，赋予新教徒做礼拜的权利。在亨利四世和他的儿子、继承人路易十三的统治下，巴黎的面积迅速扩张，成为王室的惯常居所，贵族和富裕的中产阶级都涌向新社区——尤其是位于塞纳河右岸、卢浮宫上游不远处的玛莱区（因其所建地的沼泽而得名）。法国上流社会变得更加城市化，更加文明，但这并非一蹴而就。很多书籍、戏剧和书信证明了对如何在诙谐交谈、信件书写以及着装等方面获得适当技巧的认真讨论。这种融入并避免冒犯他人，或至少将暴力转化为创造性的语言形式的努力，暗示了肉体攻击恰恰正潜伏于表面之下。1610年，亨利四世被刺杀，正如他的前任亨利三世在1589年被刺杀一样。重新颁布的赦令并未能阻止决斗——在亨利四世的统治下，一年多达四百起。

每个人都意识到和平摇摇欲坠，整个法国都在努力推广礼貌互动的方式，避免引发新一轮的敌意。在这种氛围中，一种提倡适度、审慎甚至掩饰的理想，却又为过度、杰出和卓越所吸引的文学大行其道。就好像17世纪彬彬有礼、端庄得体的法国人依然梦想着上个世纪的殉道以及违反准则的英雄主义，同时反思确定一套规范的难度。这种文学非常强调避免极为明显的盲目和狂热，强调做一个明智的人，一个有趣的、善解人意的、乐丁助人的伙伴——简而言之，一个honnête homme。这个词不容易翻译，重要的是要立即注意到它并不意味着"诚实的人"（honest man），即真诚且完全坦率地说话的人。honnête homme是一个"融入"的人，他尤其不特立独行。另一方面，17世纪的读者和作者都被主人公远悖常规、完全不"融入"且言行过火的故事迷住了。

莫里哀的性格喜剧

当上流社会的理想达到顶峰时，戏剧就会表明，礼貌与英雄主义格格不入。以莫里哀《恨世者》（1666）中的喜剧主人公阿尔赛斯特为例。作品全名涉及这样一个医学理论：性格基于血液中的物质，即“情志”。由此，阿尔赛斯特是一个黑胆汁过多的恋爱中的男人。阿尔赛斯特这个角色，在首演时由剧作家亲自扮演，演绎他的目的无疑是为了博观众一笑。莫里哀以他的喜剧舞台表演技巧而闻名，他的表演有很多引人捧腹的地方。主人公坚持一个人应该在所有情况下都勇敢地说出自己的想法。他爱上了一个完全与之相反的女人，一个轻浮的年轻寡妇。赛丽曼纳精心培养了很多追求者，让每个人都以为自己是她唯一的爱人。阿尔赛斯特拒绝顺应社会常规。在涉及他全部财产的重要法律问题上，他不会屈尊奉承法官；当业余诗人给他看十四行诗时，他甚至拒绝说出客套的礼貌赞许。他意识到自己与上流社会格格不入，因为在这里（如阿尔赛斯特的朋友菲兰特所说）“隐藏心中所想”的天赋是很重要的品质。因为他的真诚，阿尔赛斯特面临三个风险：失去赛丽曼纳的爱，失去财产，在决斗中失去生命或名誉。这些风险的重要性似乎很不均等，展示坦率的各种姿态及其结果之间奇怪的不平衡或许是莫里哀的喜剧意图。可能的决斗是一个严肃的问题，也是文明的脆弱性的反映，这种文明可能在几分钟内从机智巧妙的应对发展到拔剑相向。决斗遭到贵族审判委员会，即一个负责解决荣誉冲突，从而避免流血的高级法庭的干预。尽管阿尔赛斯特一再宣称他不会顺应社会，且最终将离群索居，但他似乎需要社会——仅仅是为了他自己愤怒的乐趣。在这方面，他迥异于同时期的很多其他局外人，如让·德·拉封丹《狼与狗》中的狼（《拉封丹寓言》，1668）。尽管被圈养的狗享有优渥的物质待遇，但狼确实更喜欢完全置身于社会之外。换句话说，恨

图3 佩雷勒制作的版画(1660),由路易·勒沃设计的沃子爵城堡

世者似乎只能在他蔑视的人附近存在。

人们很容易认为阿尔赛斯特是个彻头彻尾的笑话，一个黑胆汁过多的不坚定的人，没有社交技能，没有分寸感。然而，《恨世者》通过让剧中的其他角色崇拜阿尔赛斯特，争夺他的友谊、爱情和认同，消除了这种观点。这些人物中的某些人可能自己缺乏判断力，比如十四行诗的作者奥龙特，而另一些人，比如阿尔赛斯特的朋友菲兰特和赛丽曼纳的表妹爱丽昂特，似乎对性格的判断很准确。菲兰特是17世纪honnête homme的一个很好的例子：他从来没有取得过任何属于自己的特殊成就（拉罗什富科在他1664年出版的《道德箴言录》里这样说道："真正的honnête homme是不为任何特别的事情感到自豪的人。"），他以

图4　弗朗索瓦·肖沃制作的版画(1668),《拉封丹寓言》中的《狼与狗》

宽容和超然的态度看待人类的不完美，他说：“如欲挺身作改革世界的工作，那才是无与伦比的疯狂行为。”[①]阿尔赛斯特把菲兰特描述为一个冷漠的人（情志的另一种不平衡），意思是他太平静了。这也许是阿尔赛斯特吸引周围人的关键，无论男女：他们都为他的活力、固执的坦率而神魂颠倒，而这些都反映在他肉体的躁动中：他似乎总是处在运动中，其他人追随其后。他们或许很清楚地发现，看到有人摆脱了他们每日背负的自觉和掩饰，是一件令人耳目一新的事情。

① 译文摘自赵少侯：《恨世者》，《莫里哀喜剧选》，人民文学出版社，2001年。——译注

高乃依的超级英雄

《恨世者》中关于英雄主义的矛盾心理或许是一个喜剧范例，但它并不是孤例。我们在其中看到的，为充满活力、持异见的主人公神魂颠倒，或者对之大感震惊的社会形态，以更为严肃的形式出现在其他作品中。我们可以看到17世纪对礼节的坚持——对顺应情势的期望——是基于这样的恐惧：人们站出来，英雄般地说出他们认为可能轻易越界，引起类似不久前内战中的激烈暴力事件。《贺拉斯》（1640）是根据李维描述的发生在罗马的捍卫者贺拉斯三兄弟，与邻近城邦阿尔巴隆加的捍卫者居里亚斯三兄弟之间的斗争写成的。在这部作品中，高乃依展现了三位罗马人之一的道德困境，他必须与最好的朋友，同时也是姐夫的居里亚斯战斗。出于政治统治上速战速决以及相对牺牲较小的考虑，这场战斗被限制在两座城邦的六位战士之间。不同于居里亚斯的不情愿，贺拉斯声称，从得知对手身份的那一刻起，自己就全心全意忠于职守，不再"认识"居里亚斯："你以阿尔巴命名，我便不再认你。"到此为止，可能不过是在恪守职责范围内的本分——或许有点冷酷，也不太礼貌，却是通往胜利之路。事实上，贺拉斯确实为罗马一方赢得了战斗，他是六个人中唯一活到最后的。

然而，正是自英雄从战场凯旋的那一刻起，贺拉斯对自己的英雄主义的态度越界成为民事暴力事件。贺拉斯的姐姐卡米耶是居里亚斯的爱人，她并没有按贺拉斯要求的那样恭敬地向他致以问候："将你拥有的［荣耀］献给我幸运的胜利。"至少可以说，贺拉斯是无情的，只专注于自己的辉煌成就，并且，正如他之前所说的，在这种战争状态下，不愿承认任何个人的依恋或身份。但这种极端主义，甚或是狂热，他姐姐与他不相上下——很明显，它在家族中奔腾——她没有屈服或保持沉默，而是羞辱他，并将骂战上升到诅咒贺拉斯宣称是其化身的罗马的程度。她呼唤天堂的火降在这座城邦。卡米耶和弟弟的争吵是这部戏在舞台表演上最激烈的部分，因为像1630年代之后的绝大部分法国戏剧中的肢体暴力场面一样，阿尔巴人和罗马人的械斗发生在舞台之外。对贺拉斯而言，第二次对战的结局很糟糕。他勃然大怒，杀死了他的姐姐。因为他所谓的“正义之举”，他被送上了法庭。随后，这出戏达到高潮，用完整的一幕来表现坚定果敢、铁石心肠的贺拉斯式的英雄主义与一个社会对法律、个人身份、职责以及政治等级的要求之间的不相容性。在高乃依笔下的罗马公民社会中，战争所要求的纯粹的男性美德不能不受约束。正如贺拉斯的首席原告瓦莱尔指出的那样，贺拉斯杀死姐姐，不仅是杀害了一名手无寸铁的女性，同时也是杀害了一位罗马公民。当暴力事件发生在城邦外且针对非罗马人时，是可以原谅的，但现在它进入了城邦，威胁着所有人。高乃依在这里展示的最主要的悖论是，和平的社会秩序建立在自相残杀（罗马针对其亲族阿尔巴城邦的战争，比如贺拉斯杀害亲姐，脱胎于罗马城创建的传奇背景——罗慕路斯杀害其兄弟雷穆斯）的基础上，这样的暴力永远不该复苏。

尽管对于英雄主义的任何思考都很重要，但勇士得胜回城的主要悖论并没有像高乃依巧妙传达的那样具有独创性，他深入处于这种境地的贺拉斯自身的体验。一代又一代的观众和读者普遍认为贺拉斯这个角色远不像其对手居里亚斯那样吸引人，但这部喜剧暗示了英雄承受的可怕痛苦。胜利的代价是牺牲不直接导向杀死既定敌人的所有感情、所有知觉。这种牺牲聚焦于某一时刻，在那之后，英雄无可避免地开始堕入一种永远与他无缘的平凡生活中去。贺拉斯要求被处死，声称“今天只有死亡才能保全我的荣耀/它本应在我胜利时就到来”。在《贺拉斯》的结尾，像《恨世者》的结局一样，观众离开时苦苦思索，这样一个宁折不弯的超级主人公如何才能重新融入平凡社会的世界。

英雄的衰落

换句话说，在特定的时刻，英雄在侧是有用的，但在漫长的征途后，他们又要尴尬地适应社会框架。按照普遍的道德标准，他们甚至不一定是“好的”。拉罗什富科写过一句令人难忘的话：“有善的也有恶的英雄。”我们只需想想高乃依的其他两个主人公，他们既是英雄，也是怪物——他的第一部悲剧《美狄亚》（1635）中的美狄亚和《罗多古娜》（1644）中的克利奥帕特拉——或拉辛后来在《布里塔尼居斯》（1669）中描绘的尼禄皇帝。当文学理论家试图将古代悲剧的遗产与基督教的现代价值观相对照时，他们对于将能够做出极端行为的人物，无论好坏，置于“英雄”的位置上有着相当的不安。高乃依的年轻对手让·拉辛引用了亚里士多德在《诗学》中关于悲剧英雄的名言，说他们应该具有一种“中等的善，也就是说，一种易受弱点影响的美德”。拉辛致力于用这种中等的善来塑造人物。拉辛避免像贺拉斯、《熙德》中的施曼娜以及《西拿》中的奥古斯特等高乃依式的主人公的惊人品质和行为，在他的大多数悲剧中，拉辛描绘了相当中庸，甚至在现代意义上“平庸”的主人公。他们是像我们自己一样的人，或者像我们在日间电视节目上看到的我们自己的翻版，但用的是夸张的诗句。《费德勒》的主人公就是这样，在这部小说中，同名的主人公是一个不幸的女人，她爱上了青春期的继子——她认为自己是一个怪物，但真正的怪物就在隔壁，后者在遭到她的拒绝后，默许了一个指控希波利特强奸她的计划。

我们可以理解为什么有人说拉辛把悲剧变成了资产阶级的情节剧。他的《安德洛玛克》（1668）以特洛伊英雄赫克托耳的遗孀安德洛玛克为标题，她后来成为阿喀琉斯的儿子皮洛士的奴隶。在这部悲剧中，拉辛用透彻的手法阐释了主人公的这种“中等的善”的概念，甚至有人可能会想到卡尔·马克思说的：“历史重复自己，第一次是悲剧，第二次是喜剧。”这部戏的主要人物是属于后英雄时代的一代人，可能只有安德洛玛克本人例外。他们的父母是伟大的荷马《伊利亚特》中的男女英雄阿伽门农、海伦、墨涅拉俄斯、阿喀琉斯，以及新一代的爱弥奥娜、俄瑞斯忒斯，甚至皮洛士（尽管程度不那么明显）都痴迷于一种欲望，即不辜负先辈并与其竞争。爱弥奥娜回忆说，她的母亲是如此美丽，特洛伊战争是为了把她带回希腊，但她甚至不能让皮洛士履行与她结婚的诺言。俄瑞斯忒斯为他对爱弥奥娜的单恋犹豫不决，未能完成他的外交任务，即找到并杀死赫克托耳的儿子阿斯提阿那克斯，以消除特洛伊王室的一切痕迹。皮洛士本人被描述为“阿喀琉斯的儿子和对手”。但当他们的父母以史诗般的战斗震撼世界时，这群人却死于谋杀和自杀的肮脏宫廷阴谋。

然而，尽管在高乃依，甚至莫里哀笔下的大人物，与拉辛的自我意识平庸的角色之间有着明显的区别，但在英雄主义这一矛盾的主题上却有着惊人的相似之处。《安德洛玛克》的主人公之所以走到了可怕的结局，是因为试图上演他们没有能力完成的英雄壮举，而这些壮举在任何情况下（这与17世纪法国的历史情况最为相似）都属于过去，本应留在过去。在《安德洛玛克》中，就像在《荷马史诗》中一样，像暴力军事英雄般行事的时代已经过去，主人公会被建议采用和平时期的技巧。一定程度的英雄主义是令人钦佩的，正如莫里哀的《老实人》中的菲兰特可能会说的，但万事万物皆有其时其地。

这些主要的戏剧作品让我们对具有延续性地将文明、顺应环境和礼貌认为是理想有了一定的感知，甚至当它们从古希腊—罗马被投射到法语版本时也是如此。但我们现在应该回顾一下，当时的社会环境赋予了这些理想如此的重要性，甚至是紧迫性。从16世纪的宗教战争到更稳定，甚至更官僚化的波旁王朝政权的转变一点也不容易。亨利四世遇刺是一个巨大的打击：玛丽·德·美第奇随后的摄政以她的儿子路易十三发动的政变而告终，路易十三长期在位的首相红衣主教黎塞留处决、监禁或流放了“虔诚党”的成员，而这些成员中的很大一部分来自挑战最后的瓦卢瓦王朝和亨利四世的天主教联盟。但是，彻底的内战在

17世纪中叶重新爆发，这段动荡而复杂的时期被称为“投石党运动”（Fronde，法语意为“弹弓”），从1648年持续到1653年，这场战争由忠于摄政王太后奥地利的安妮的军队对抗一个由贵族和高等法院成员（巴黎立法机构成员）组成的联盟。

这场对抗在摧毁了国家大部分地区之后，通过重新确立君主制而结束。对于贵族独立英雄主义——新近例证是孔代亲王和国王的叔叔加斯东·德·奥尔良的反叛或叛国行为，他们与西班牙结盟对抗王太后——的矛盾心理只能通过这场灾难性的、浪费的冒险来加强，这给年轻的路易十四留下了深刻的印象，当时他才十岁。为了进一步集中权力，消除上层贵族一切残余的独立性，路易采取了果断的措施，使从众——至少是外在的从众——成为17世纪后半叶法国文化的核心价值观。这当然也是为什么在三大剧作家笔下的英雄地位从高乃依到拉辛呈现出显著下降的轨迹的原因之一，尽管三位都表现出英雄主义导致冲突。

英雄地位变化的另一个原因可能是，到了17世纪中叶，一种幻灭的世界观的影响力上升，它与被称为詹森主义的宗教运动有关，以王家港修道院为中心，与许多有“道德主义”倾向的主要作家，如布莱兹·帕斯卡尔和弗朗索瓦·德·拉罗什富科有关。这场运动不仅仅是提倡严苛的道德（尽管有些人，如帕斯卡尔，相当禁欲），而且在很大程度上，还包括对人类社会及其动机的悲观看法，并旨在对各种关系进行冷静的分析。它认为人类绝不是英雄。

在17世纪后半叶，一种不同类型的主人公出现了，这与宫廷和城市生活的密集化、贵族的驯化以及道德家的觉醒相一致。这种新的主角是一种趋势的典型代表——或者说是一系列融合的趋势，其中有文学的“内向转向”，转向“心理分析文学”，一种被称为“公关”的社会和文化运动，以及由女性组织的社交空间“沙龙”兴起了。

沙龙与文学女性的崛起

“沙龙”一词现在用来形容17世纪女性接待客人的私人会议场所有些不合时宜（这个词本身在18世纪才变得突出）——这些场所的主要当代术语是ruelle、alcôve或réduit，意思是床和附近墙壁之间的狭窄空间，客人可以站在或坐在那里与女主人交谈，而女主人仍然是躺着的。有两个这样的沙龙脱颖而出：朗布依埃侯爵夫人的蓝色房间和马德莱娜·斯屈代里的星期六。这些有教养的女性控制着她们邀请杰出男女嘉宾的空间，使沙龙成为以女性为中心的谈话场所，与男性作家可能单独见面的酒馆形成鲜明的区别。在这种环境下提倡的价值观包括免于包办婚姻和男女之间的友谊。诋毁女性的人，如布瓦洛，称她们为“女才子”，这是因莫里哀的《可笑的女才子》（1659）和《妇人学堂》（1662）而流行的一个词。

宫廷礼仪小说

在这种情况下，重点转移到对英雄，或者更确切地说是主人公的新概念（因为“英雄”一词通常不用于非军事荣誉）：在友谊和爱情方面表现得极为精致，能够特别忠于理想的人。玛丽·马德莱娜·德·拉法耶特夫人的短篇小说《克莱芙王妃》（1678年匿名出版）中的中心人物最能体现这种类型的主人公。这部作品通常被誉为最早的“心理小说”或“分析小说”之一，背景是上个世纪的瓦卢瓦宫廷。主人公是一位无辜的年轻女子，她十六岁时随守寡的母亲来到巴黎，她从母亲那里得到了关于她即将进入的世界的三条基本指令。第一条是不轻信外表：事实往往不是它展现出来的样子。第二条有点矛盾，是要从聆听法庭上其他男女的悲惨经历中吸取教训。第三条是对一个女人来说，幸福就是爱她的丈夫并得到他的爱——简而言之，她完全不同于其他女人，她们是她听到的那些故事中的典型，深陷多重的、不幸福的、通奸的情事。从故事的一开始，女主人公的目的就是要理解和区别于其他女人，并寻找那种据说只有幸福的已婚妇女才能得到的难以捉摸的幸福。

作为德·克莱芙亲王的妻子，这个年轻的女人很快就遇到了德·内穆尔公爵，他是一个举世闻名的情人。接下来的爱情故事是王妃和公爵只有两次单独在一起，从未有过接触，也从未公开过对彼此的感情。尽管王室不断地窥探、好奇和八卦，但除了王妃、她的丈夫、母亲和公爵本人之外，没有人知道王妃发现了爱情和她自己本性的故事。很容易说，这是一个什么都没有发生的故事，然而，通过调整感知的尺度，我们可以看到拉法耶特夫人是如何将事件向内推移，使其进入角色的思想和情感中，在那里发生着生死搏斗，美德在与背叛抗争。主人公通过微小的、几乎不可察觉的信号互相交流。比如，公爵希望以一种除了她以外任何人都无法理解的方式来表达他对王妃的爱，于是在比赛中穿上黄色和黑色的衣服以表明身份。每个人都好奇这是为什么，因为这些颜色和他没有任何关系。然而，王妃立刻明白这是在对她示好，因为某日公爵在场的一次谈话中，她说自己喜欢黄色，但不能穿，因为她的头发是金色的。还有一次，王妃没有去参加舞会，声称自己病了（尽管她看上去身体很好）。这是另一个秘密信号，因为王妃听公爵说过，对于情人来说，最痛苦的莫过于知道他的情妇正在参加一个他自己不能出席的舞会。

战场上的英雄主义，异国的地理位置，悲剧、史诗和17世纪初长篇浪漫小说中主角之间相互争斗的非常明显的敌对行为，在这里被对眼神、衣着细节、舞会和其他社交场合的在场或不在场的微妙解码所取代。但是，使王妃的地位等同于其他文本的主人公的，是她的问题的独特性。在她母亲最初的指导下，王妃形成然后实施了一个英雄计划：与其他所有的女人不同。宫廷的一些成员可以看到这种区别。一个王后说，王妃是唯一把一切都告诉丈夫的女人。事实上，王妃私下里向丈夫承认她爱着别人，同时对那个男人的名字保密，并承诺永远不会不忠——这一表白是小说出版时最令人震惊和最具争议的方面之一。但公爵本人是小说中唯一了解她英雄般决心的人。丈夫死后（因为他不恰当地解读了一系列的表象，错误地认为妻子不忠——在这部小说中误读是致命的），在一次简短的谈话中，王妃向她的爱人承认激情是相互的，但她永远不会嫁给他。她打算，正如她告诉他的那样，按照一种“只存在于我想象中”的义务行事，不与间接和无意中导致她丈夫死亡的男人结婚。在整部小说中，尤其是在结尾部分，王妃被描述为无与伦比、独一无二、与众不同的。小说的最后一句话是：“她的生命如此短暂，留下了独一无二的美德的典范。”

在《克莱芙王妃》中，拉法耶特夫人展示了与众不同和不遵循主流行为模式的代价——在这一点上，这个故事符合我们之前在悲剧和喜剧中看到的范式，但她也展示了法国文化和女性地位的变化如何改变了值得关注并达成非凡进步的标准。对17世纪的女权主义者来说，一个女人决定独立，不再婚，并形成自己的行为理想，这至少和一个男性军事英雄的故事一样有趣。从母亲的教训开始，幸福的婚姻是女人唯一值得追求的目标，王妃以一个截然不同的成就终其一生。

第四章

天性及其可能性

“天性”的问题

鉴于17世纪对社会及其规范强烈关注的特点，18世纪反应为部分地反对这种专一的焦点，把讨论转移到天性的问题上，也许并不奇怪。天性与文化的对立（或生理与天性的对立）由来已久，但在18世纪又焕发出新的活力。17世纪的法国思想，尤其是在文学界，对天性并不友善。似乎很显然，这个世界是有缺陷的，宗教和艺术的使命是拨乱反正，或者至少，过滤掉天性引起的错误。因为放任自流——放任脾气，由于脾气是由不平衡的情志决定的——莫里哀笔下的阿尔赛斯特结局悲惨，不容于社会。他的朋友们试图通过教他礼仪来抵消这种倾向。帕斯卡尔以更为严肃的方式告诉我们，人类的本性已经被原罪从根本上改变了，所以我们所说的“天性”只是一种反常的幻觉——在这里帕斯卡尔非常接近托马斯·霍布斯的观点，后者长期居住在巴黎，对“天然状态”没有什么好话。最后，根据“真实性”的文学理论，法兰西学院和其他人教导说，戏剧家不应该描绘在事物的正常进程中发生的事情，而应该描绘在完美世界会发生的事情。简而言之，任何一个17世纪的作家，如果以积极的方式使用“天性”一词，那就意味着与经验世界相去甚远。作家们常常称赞“天然”的说话方式，需要指出，这种风格只能通过仔细模仿最好的模特来实现。换句话说，天性是最好的人工形式。至于相对现代的观念，即人可以离开城市“走进天性”（dans la nature），这样一个未受破坏的特权空间的感觉，对路易十四的臣民来说，似乎完全是胡说八道。

这种一致蔑视天性的观念在18世纪开始改变。社会仍然处于知识和文学讨论的前沿，但现在天性以一种更为多样、更不可预测的方式成为讨论的一部分。事实上，对于启蒙运动来说，天性——人类的本性和地球上的野性力量——在广义上说，是最重要的问题的核心。天性是美好的，却被社会制度与习惯掩盖和扭曲了吗？或者说，天性对人类并无关照，甚至与人类敌对，人们应该因此停止将天性作为“善”和“权利”概念的源泉？天性是由精神和物质组成的，还是纯粹物质性的，可以通过感觉完全为我们所用？天性似乎不再是无法体验的。更早些时候，蒙田和拉伯雷更乐观的观点现在以一种非常丰富和有更好记录的方式回归了。当蒙田在他了解到的美洲土著人身上发现了很多值得称赞（以及令他震惊）的东西时，探险、商业和殖民主义带来了更多关于欧洲以外生活的信息。并不仅仅是因为巴西或南太平洋岛屿的人民更接近“自然”（从某种意义上说，他们的定居点更小，城市和技术也不那么发达），还因为大量的习俗和基本法律，这些似乎完全不言而喻的东西，被发现在不同的文化中是如此不同，以至于法国人认为理所当然的“天性”似乎不再安全。探索或重新发现天性和在这种更可靠的知识基础上重建社会，也许是启蒙运动的主要议题。

这些问题的提出并不总是为了挑战传统，因为毕竟许多法国作家主张支持既定秩序。乍一看，皮埃尔·德·马里沃（1688—1763）的戏剧和小说似乎与“天性”没有什么关系。他的风尚喜剧以其高度艺术化的调侃而闻名，他的风格是如此独特，以至于我们可以用marivaudage（马里沃体）这个词来形容诙谐、生动的对话。然而，当我们考虑到他的戏剧——例如《爱与偶遇的游戏》（1730）——的热情观众，我们可以看到，马里沃和他的同时代人敏锐地意识到，在一个基于我们谓之“阶层”，那时谓之“条件”的社会系统中，天性与文化之间可能存在的分歧。一个年轻的女人想知道她父亲安排她嫁的那个年轻人的真实性格，乔装成自己的女仆。她完全不知道，那个年轻人为了同样的目的和他的仆人交换了身份。两对情侣组合，在这两种情况下都有真实条件相同的一男一女，但条件并不显而易见——乔装改扮的上流社会角色彼此相爱。

这对于马里沃和他的读者来说是一个令人安心的保守结论，并且传达了一个信息：社会中的等级并不是表面的约定（就像一百年前帕斯卡尔的《思想录》中一些更大胆的段落所暗示的那样），而是有着更深的根源，无论是纯粹的继承还是基于长期的培养。整个剧本的主题都可以通过这个实验来完成的事实——实际上，不只一出戏剧，类似的问题贯穿于马里沃的作品中——意味着，在18世纪上半叶，人们对一个人的天然特征和自身条件之间的不一致的恐惧是相当普遍的。在接下来的几年里，突出这种可能的社会失调的戏剧持续取得巨大的成功，如博马舍的戏剧《塞维利亚的理发师》（1775）。至少在一定程度上是为了适应这些社会主题的更严肃和不那么保守的发展，法国戏剧在18世纪的进程中创造出新的类型，包括“感伤喜剧”（la comédie larmoyante）和“正剧”（le drame）。

启蒙运动与哲学家

当马里沃通过展示社会制度最终是安全的来娱乐观众时，他特别鄙视的一个群体，哲学家，提出了关于出身、等级和文明的“自然”基础的严肃问题。让-雅克·卢梭（1712—1778）发表了他的《论人类不平等的起源和基础》（1755），论证道，在私有财产、法律，以及维护不平等的社会上层建筑建立之前，人类一直快乐地处在自然的原始状态下。德尼·狄德罗（1713—1784）和让·勒朗·达朗贝尔（1717—1783）组织编写了《百科全书》（1751—1752，绝大部分是秘密出版的），他们和其他大约150名作家匿名撰写了书中的词条。哲学家，一个因争吵而分裂的异质群体，在现代意义上，甚至在笛卡尔是一位哲学家这个意义上，都不那么“哲学家”，而更像是公共知识分子，他们致力于破除迷信和无知，提倡用务实或技术官僚的方法解决社会中人类生活的问题。他们的大量工作在于促进人们更深入、更祛魅地理解物质世界，因为它可以通过感官来感知。这个方面可以在狄德罗关于感官感知的《对自然的解释》（1753—1754）中看到，但《百科全书》的编纂者们也促进了基于自然法则和自由体制的君主立宪制。

他们的知识理论是经验主义和理性主义的，因此，他们对上帝的知识明确无误地是哲学，而不是宗教阐释。

在哲学家们通过具有娱乐性兼说教性的作品引起广大读者的注意的努力中，最好的例子是伏尔泰的《老实人》，一部于1759年匿名出版的当代哲学著作（哲学故事）。这个讽刺故事的直接目标是戈特弗里德·莱布尼茨的《神义论》（1710），在这部作品中，哲学家论证了上帝创造了所有可能的世界中最好的，即“最优的”世界。在这样一个系统中，没有客观的邪恶。为了描述莱布尼茨的立场，“乐观主义”一词于1737年出现在法语中。伏尔泰的故事的全称是《老实人或乐观主义，译自拉尔夫博士的德语版》。这个著名的故事（1956年伦纳德·伯恩斯坦配乐的歌剧《老实人》的基础）讲述了老实人甘迪德的冒险经历，他是一个来自威斯特伐利亚的德意志人，年轻时接受了潘格罗斯博士（希腊词根暗示他可以说任何事情，可能是在挖苦莱布尼茨的博学多产）的教育，后者传授了一种目的论的乐观主义：一切都是上帝创造出来的最好的，绝无例外。潘格罗斯的断言读者一看就觉得荒谬，但对甘迪德来说却并不荒谬：

> 万物既皆有归宿，此归宿自必为最美满的归宿。岂不见鼻子是长来戴眼镜的吗？所以我们有眼镜。身上安放两条腿是为穿长袜的，所以我们有长袜。

作为一种文学创作，甘迪德是一个非常成功的人物（character），在这个词的两个通用意义上都是：作为一个叙述性的“人”，以及某个被发挥到极致的“性格”（或个性特征）的拥有者。伏尔泰在一开始就这样描述他：“他颇识是非，头脑又简单不过；大概就因为如此，人家才叫他老实人。”因为伏尔泰讽刺了莱布尼茨式的乐观主义和所有为了避免面对不愉快的现实而坚持意识形态的人，所以我们跟随着满世界跑的人物是敏锐洞察力和非凡毅力与潘格罗斯教授的僵化教义的混合体，这一点就非常重要。伏尔泰因此得以继续积累自然灾难的例子（1755年的里斯本地震），罗马天主教伪善和不容异己（葡萄牙神父为防止未来的地震而烧死三个人的火刑，大检察官的性事，巴拉圭的耶稣会王国），欧洲王国和帝国的嗜血残暴，苏里南对非洲奴隶的残害，以及各种贪赃枉法和腐败的例子，与此同时，甘迪德仅仅是在非常缓慢地放弃他那令人安心的潘格罗斯式的确信：一切都是最好的安排。尽管如此，当看到那个因为试图逃跑而被砍断一条腿以示惩罚，又被磨糖机切断一只手的奴隶时，甘迪德惊呼：“哦，潘格罗斯！……你不知道这种可憎的事。就这样吧，我不得不放弃你那种乐观主义。”当被问及什么是“乐观主义”时，甘迪德回答说：“这是一种在你受苦时声称一切都好的狂热。”如果莱布尼茨是伏尔泰唯一的攻击目标，如果他没有将他的英雄与恐怖的“路演”完美匹配，以制造如此滑稽的不和谐，甘迪德就不会在大众的想象中幸存下来。但是伏尔泰在这里所做的，提供了一个哲学家的缩影，他们将理性与根深蒂固的文化习惯对立起来，反对那些既扼杀判断能力、清晰感知世界的责任，又扼杀自然移情的所有制度。

社会表面与内在本质之间的紧张关系

皮埃尔·肖代洛·德·拉克洛的书信体小说《危险的关系》（1782）是18世纪最持久的文学成就之一，一炮打响且具有持续广泛的吸引力（至少被改编成四部电影）。书信体形式的特点之一使得探明某条信息或某个意图变得尤为困难，因为没有整体叙事的声音。这本书以不同方式被视为反贵族（这是拉克洛的许多同时代人对这本书的看法）、女权主义、反女权主义、道德主义和不道德的。作为一部主要按时间顺序排列的书信集，这部作品最初似乎提供了中立的观点，但是两位高度自觉的主导人物，瓦尔蒙子爵和梅尔特伊侯爵夫人写的信（他们不仅在书信的数量上占主导地位，尽管瓦尔蒙的信件数量多出两倍，而且在对其他写信者的巧妙操纵方面也占主导地位），基本上承担了在传统的单一叙述者的小说中叙述者的功能。他们不仅讲述发生了什么，还分析动机并预测结果。因此，我们可以认为这部小说有两个非全知的叙述者，他们互相竞争，不仅要呈现对所发生的事情的某种看法，而且要使事情发生。两人都是愤世嫉俗的理性主义者，对人性（行为模式）有着敏锐的理解，但是理解的盲点导致了他们的毁灭。我们可以在这种心理学中看到拉罗什富科的回响；梅尔特伊明确表示，她通过阅读“最严厉的道德家”的作品来了解生活，而拉罗什富科尤其郑重地指出，人们对自己的敏感性和动机视而不见。尽管瓦尔蒙和梅尔特伊认为自己完全摆脱了宗教和道德的束缚，但他们需要修正外在表现以按照他们阶层的道德标准行事，而这套道德标准对男人和女人是不同的。对瓦尔蒙来说，作为一个风流的男性，一个成功的女性捕手的公众声誉是自豪的源泉，对他几乎没有负面影响。但对梅尔特伊而言，情况大不相同。她需要不动声色地引诱，并且总是处在这样的境遇中：需要保持其作为一个虔诚的年轻寡妇的公众声誉。即使是她勾引的男人也必须不能让后者明白是她勾引了他们，而是必须相信是他们引诱了她。因此，社会赋予男女的不平等地位是一个重要的主题，与对腐败和游手好闲的贵族的描绘一起，代表了那个时代对社会习俗和教育的质疑。

在小说的结尾，瓦尔蒙和梅尔特伊的竞争（他们之间早期恋情的余烬）导致他们互相报复。梅尔特伊的报复方式更为微妙，她利用了瓦尔蒙作为公认的成功的风流诱惑者的性别自我认知，以及他对德·图尔薇夫人的真实而热情的爱之间的隔阂，后者是他迄今为止最难征服的对象。正如梅尔特伊所见，瓦尔蒙对自己的本性视而不见。他对自己的理性主义立场充满信心，认为肉体的愉悦和娴熟的诱惑是他唯一的动机。通过利用与这种男性自我形象不可分割的虚荣心，梅尔特伊激怒了瓦尔蒙，使他失去了唯一一次情感满足的机会。瓦尔蒙随后对梅尔特伊的报复更为粗鲁和容易，而且也是基于社会人为造成的性别不平衡。他干脆让那包信被发表，使她成了一个贱民。瓦尔蒙内心深处的情感和他被社会决定的虚荣心之间的差异，使**危险的关系**成为超越社会规范的价值属性，离间了人们及其更深层的、隐藏的自我。

动植物和“自然”

拉克洛的小说以我们或可称为心理学的形式关注人性。重要的是社交世界，而从巴黎到乡村庄园的场所变迁，只不过是在影响人群之间的互动时才被描述出来——在这方面，拉克洛的作品更接近17世纪的小说。但18世纪的许多作家表现出对非城市空间的爆炸式增长的兴趣，并将人类的行为和感知融入城市与乡村的分水岭中。到了18世纪中叶，瑞典植物学家卡尔·林奈的作品传到了法国，寻找植物标本变得越来越时髦。布封（乔治-路易·勒克莱尔，布封伯爵）于1749年出版了他的《自然史》的第一卷。各种不同气候下生长的动植物引起了公众的兴趣，除了重新重视植物和动物之外，与之共同生活的人也受到了关注。乡村居民不再仅仅被视为享受不到城市优势的人，因为现在田野和森林的生活似乎提供了免受城市的人为且腐败影响的保护。这是让·德·拉布吕耶尔在《品性论》（1688）中描绘的矫揉造作的巴黎和宫廷生活的无情、无灵魂的形象的一个重要延伸。拉布吕耶尔将其时代的文化描绘为矫揉造作的上层阶级的腐败和被创造出来的刻薄的形象，但并没有走那么远，直至提出在宫廷和城市之外，事物的确更加美好的地步。卢梭在《致达朗贝尔的信》（《论戏剧·致达朗贝尔的信》，1758）中，扩展了在《论人类不平等的起源和基础》中阐述过的对城市文明的批评，在这篇文章中，他谴责了腐败的巴黎剧院，支持外省小城市里“快乐的农夫”的真诚的庆典。卢梭赋予童年以新的重要性——从夏多布里昂开始，对浪漫主义者而言，童年一直是意义非凡的关注点。在自传体的《忏悔录》（1769年完成，1782年出版）中，卢梭对自己的童年给予了极大的关注。《爱弥儿》（1762）是对一种全新的教养方式的典型叙述，在其中，卢梭作为家庭教师的角色，只允许年轻的学生读一本书，即笛福的《鲁滨逊漂流记》，希望爱弥儿以自立的鲁滨逊为榜样，生活在“自然”的状态中。

1788年，也就是在凡尔赛宫召开通常被视为法国大革命开端的三级会议的前一年，卢梭的年轻朋友、工程师贝尔纳丹·德·圣皮埃尔（1737—1814）出版了18世纪最畅销的小说之一——《保罗和薇吉妮》。这是当时自然对抗文化的主题的典范，并且创造了薇吉妮这样的女主人公，她抛弃了童年在荒野中的简单教养方式，这直接导致了她的死亡。小说的情节发生在毛里求斯，当时是法国的一个附属岛，在那里，还是孩子的保罗和薇吉妮像最好的朋友一样长大，情同兄妹。在青春期，他们的感情转变为浪漫的爱情，但薇吉妮被送到法国，与富有的姑妈一起生活。当姑妈试图强迫薇吉妮嫁人时，她拒绝了，并被送回岛上。当船接近陆地时，遇上飓风搁浅了。船上最后一个水手试图说服女主人公脱下累赘的衣服游到岸上，但她拒绝脱衣服并接受了自己的命运。作者强调了着装的问题，以及薇吉妮从她所受的欧洲教育中带来的相当不正常的谦逊。对她尸体的令人怜惜的描述，可能会让现代读者感到好笑：“她闭上了眼睛；但她脸颊上死者的苍白紫色混合着谦逊的粉色。她的一只手放在衣服上，另一只手紧紧地攥在胸口……”当然，她抓着保罗的画像。

图5　贝尔纳丹·德·圣皮埃尔《保罗和薇吉妮》(1787)中的一幕，弗朗索瓦·热拉尔于1805年所绘的一幅版画

圣皮埃尔和卢梭一样，把人性和动植物意义上的天性概念结合在一起，建立了一个浪漫主义的观点，即自然以一种特殊的方式存在于某些地方，离开城市，人们就更接近“自然”，彻底离开欧洲，人们可能会发现未受破坏的自然——或者至少有可能从不同的、更佳的角度对自身和社会有一个新的理解。保罗和薇吉妮成长为正直、慷慨、直率、有点拘谨的年轻人，不仅仅是因为他们没有像同时代的欧洲人一样受到腐朽社会的影响，而且更神秘地，是因为他们与他们的热带岛屿的土地很亲近。作为一种体裁的小说的基本比喻是转喻而不是隐喻（也就是说，它通过将事物与空间的接近性而不是相似性联系起来以传达意义）的观点，有助于理解《保罗和薇吉妮》中描写手法的使用（正如后来在乔治·桑、福楼拜和巴尔扎克的小说中一样）。不仅植物和风景的描写让人了解男女主人公的性情，而且与这些地方的互动也塑造了这些性情。凭借卢梭的《爱弥儿》的精神，保罗可以不用斧头就砍倒树，不用燧石就生着火，用棕榈芽做一顿温暖的饭。简而言之，保罗似乎是鲁滨逊·克鲁索的化身。他的伟大取决于他能做什么，而不是他的出身。

第五章

围绕大革命

因为您是位贵族，所以就认为自己是个天才？权贵、财富、阶级、影响力，这种种使一个人引以为傲！这么多的好处，您到底是怎么挣来的呢？您除了在出娘胎时使了点力气之外，其他的什么也没做。撇开这点，您不过是个平庸之人！

在皮埃尔·加隆·博马舍的杰作《疯狂一日，或费加罗的婚礼》中，费加罗，阿尔马维瓦伯爵的侍从，用这番独白形容他的主人。在经过六年的审查和曲折后，《费加罗的婚礼》最终于1784年4月27日在法兰西喜剧院上演。其后不到五年，即1789年1月，三级会议自1614年以来首次召开，我们将之视为法国大革命的导火索。

博马舍的喜剧已成为导致大革命的文化因素的象征，然而，与所有历史事件一样，选择单一的时刻作为“导火索”具有一定的随意性。整个18世纪充满了对君主专制制度日益不满的信号，越来越多的人坚信社会制度是建立在一个隐性的契约之上的，而不是基于神授君权或事物不可置疑的性质。在多才多艺的费加罗身上，博马舍创造了一位国际公认的人物，他拥有智慧、才华，并且代表了那些没有贵族头衔，但锐意进取且获得成功的tiers état（不同于贵族和教会的“第三等级”）的愤懑。费加罗曾经大胆地称自己为绅士，并解释说“如果老天乐意，我会是公侯的儿子”——他在剧中其他地方提到的偶然性清楚地表明，他和他的伯爵主人所处的实际地位，正是纯粹的偶然。

费加罗还是《塞维利亚的理发师》（1775）中风趣的理发师，在这部作品中，他是中心人物还是配角是有争议的，他是剧作的同名人物，却在为他人的利益服务，这一事实表明了文学上和更广阔的社会背景中的紧张关系。在这部早先的剧里，他帮助伯爵战胜了年迈的巴尔托洛医生的阴谋，迎娶了巴尔托洛美丽而富有的年轻的被监护人。这两部喜剧错综复杂且极其有趣的情节，以及主人公的足智多谋，至少在一定程度上使得许多作品以它们为基础，从喜剧上演两年后即推出的莫扎特的《费加罗的婚礼》，到乔治·梅里埃的早期法国电影之一《塞维利亚的理发师》（1904）。值得注意的是，这两部喜剧的题目指的都是费加罗。

费加罗是谁？《费加罗的婚礼》的结构让这个问题有点出人意料地出现在戏剧的中部，即五幕剧的第三幕，这一幕讲的是有关履行契约的一次审判。费加罗从一位年长很多的女人那里借了一大笔钱，并承诺如果他还不起钱就娶她。在将戏剧性浓缩于这一刻的时候，博马舍强调了金融、契约、法律、出身和阶级权力——所有这些都是大革命的核心主题。费加罗的雇主，伯爵，也试图引诱费加罗的未婚妻，他同时主持审判，这种安排质疑了所有公正法律的基础。费加罗能够避免这场婚姻的唯一原因就是他偶然发现自己是那个借他钱的女人失散已久的儿子。结果，费加罗的出身比他看上去的要“高”，但在等级和天赋之间仍然存在差距。费加罗的问题“这么多的好处，您到底是怎么挣来的呢”仍然成立，因为很明显，有权有势的伯爵既不比他的仆人聪明，也不比他的仆人更有活力，而且道德水准也低得多。马里沃认为一个人的智力、敏感度和天赋可能与他或她的阶级（出身）不符，但在他的戏剧中，每一种情况得出的结论都是，当一个人的真实身份确立后，他继承的特权就是正当的，对博马舍而言，情况已不再如此。

当费加罗在《费加罗的婚礼》中重新找回自己的出生身份时，博马舍不仅限于反映当时政治和社会的矛盾，他还指出文学本身也存在类似的骚动。正如几十年后维克多·雨果在《克伦威尔》的序言中指出的那样，将戏剧类型分为喜剧和悲剧似乎不再与人类社会认知的步调一致了。18世纪打破了这种继承自17世纪新亚里士多德主义的二元结构，并产生了许多被称为drames的戏剧。博马舍自己也写了一出drame，《欧仁妮》，并于1767年在法兰西喜剧院上演，与此同时他还发表了《论严肃戏剧》。他在《塞维利亚的理发师》印刷版的序言“温和的信”中再次提出了这个问题。在这封通篇带有讽刺意味的信中，他指出了喜剧和悲剧之间的经典区别，以及两者之间拒斥一切的传统。亚里士多德将喜剧定义为描述低于我们自身的人，而悲剧则被定义为描述高于我们自身的人。博马舍疾呼：

> 呈现不堪重负、处境悲惨的中等阶层，我呸！只应以讥笑的方式展示他们。可笑的公民和不幸的国王——这就是戏剧存在和可能的全部。

戏剧体裁的转变，随后引发可以成为中心角色，即主人公的人物类型的相应变化，例如费加罗。

“天性”之争的一个极端

长达一个世纪的对社会秩序基础的质疑，以及对社会秩序是建立在天性（其本身是基于神圣天意）基础上之主张的日益增长的怀疑，导致了更为激进的表达。大革命的第二年，从长期监禁中被释放的萨德侯爵（1740—1814）匿名出版了《于斯丁娜，或美德遭难》（1791，下文简称《于斯丁娜》）。《于斯丁娜》一举成名。尽管这部小说，就像他大量作品中的绝大多数一样，因其对性行为的描写而闻名，他的性描写为我们造了一个形容词：“虐待狂的”，但萨德的作品所关注的远不止“非自然的”性行为。任何主要是为了消遣而阅读萨德的人都很可能会失望：大多数叙述都被有关永恒的邪恶以及它给作恶者带来的快感的哲学反思所打断。虽然萨德支持大革命，且尽管出身贵族却还是在1790年入选法国议会，但是，他不同于启蒙思想家，因为他不相信社会能够改善人类的命运。

从启示宗教中的解放，使大革命得以建立一个基于人类理性的国家，这种解放被萨德当成在一个强者利用和摧毁弱者的世界

图6 拿破仑·波拿巴将萨德侯爵的一本书投入火中，这幅画被认为是P.古斯杜里耶的作品

中为快感服务的完全自由的机会。女主人公的一个迫害者冷静地解释了原始人发明超然存在来解释让他们害怕的自然现象的过程。在结构上,《于斯丁娜》将松散的、开放式的流浪汉情节与哥特式小说的氛围相结合。于斯丁娜是女性版的老实人,但老实人代表常识终于摆脱荒诞不经的教条,在《于斯丁娜》中,则更大胆,宗教和传统的国家的核心原则被表现为荒谬的,而于斯丁娜徒劳地试图抗拒,她的行事代表了宗教和美德。在一篇献词中,萨德将邪恶的胜利作为一种文学创新,说小说几乎总是表现出善有善报,恶有恶报,但是:

> 展示从一个灾难流落到另一个的不幸女人,一个邪恶的玩物,一切堕落的猎物,揭露了最野蛮、最饕餮的欲望[……]目标是从人类所接受的最崇高的道德教训中汲取教训——这是[……]通过一条迄今鲜有人走过的道路所达到的目标。

萨德无神论的自由主义整体上与大革命格格不入,后者强调公民的美德和平等(在萨德的小说中两者都欠缺),并且随着时间的推移越发如此。萨德在领事馆被拿破仑下令逮捕,并于波旁王朝复辟前夕在查伦顿精神病院去世。

从“英雄”到伟大的男人(和女人)

《人权与公民权利宣言》的第一条宣布:“在权利方面,人生来而且始终是自由平等的。社会差别只能基于公共利益。”这个被法国制宪会议采纳的简短且雄辩的官方文件显示，从1789年持续到1814年的波旁王朝复辟斗争的核心问题是每个个体的人的地位（两年后，奥兰普·德古热[①]在她的《女权与女性公民权宣言》中指出妇女权利的缺失——她的文本被抵制，其本人在1793年被送上断头台）。

费加罗已经预见到了这种平等的要求，于斯丁娜作为贵族的自由主义的永久牺牲品而受难。从这些具有代表性的文学人物身上，我们前前后后可以（在博马舍的“温和的信”的帮助下）看到，所有的作品都通常是含蓄地，理所当然地，揭示了关于哪些人值得写，哪些人的故事很重要的思想。中心人物的选择可以落在一个英雄身上，比如罗兰的例子，他代表了作者所感知到的社会的最高抱负；也可以落在一个怪人身上，比如莫里哀的厌世的阿尔赛斯特；或者是一个恶棍或反英雄，某种深重罪恶的完美例子，比如在莫里哀的另一部喜剧《伪君子》中的伪君子答尔丢夫。大革命扩大了那些其故事被认为值得关注的人的范围——遵循了博马舍倡导的，但对德古热来说还不够宽广的界限——并且在接下来的几个世纪里，还将继续扩大。尽管如此，如果说法语文学只是变得更加“平均主义”，从罗兰转向费加罗，从庞大固埃转向老实人，这就过于简单化了。一直以来，代表平民的中心人物都是存在的，从精于世故、自学成才的律师皮埃尔·帕特林（《帕特

① 奥兰普·德古热（1748—1793），法国女权主义者、剧作家、政治活动家，倡导女权主义和废奴主义。——译注

林律师的玩笑》，约1464）到弗朗索瓦·德·罗塞的《我们时代的悲剧故事》（1614）中的里昂警察。然而，在一个文学反映人们终身不变的阶级（或“条件”）分配的社会中，这些人通常被描述成滑稽或令人震惊的。虽然他们可能是主角，但如果我们用“英雄”这个词来形容那些最受尊敬的人，那他们就不是“英雄”。

随着启蒙运动的发展，大革命改变了这一点。1791年4月4日议会下令将刚刚建成的圣热内维耶瓦修道院教堂改造成“先贤祠”。这是一个决定性的转变，从“英雄”的旧概念转变为“伟人”的新思想。此后，不仅仅是卓著的军功，非军事服务的卓越功绩也同样被承认，在社会顶端赢得一席之地。在这之前，君主出身的最高贵族，基本上是军事阶层（佩剑贵族，noblesse d’épée），诗人的最高职能之一就是歌颂军事英雄的荣耀。被称为先贤祠

图7　1791年，伏尔泰的遗骨被移入先贤祠，拉格莱尼绘制

的实体纪念堂（今天卢梭、伏尔泰、雨果、左拉和安德烈·马尔罗都葬在那里）标志着伟大这一观念的转变的高潮，它业已表明，联系“伟人”和一个国家的先贤祠的启蒙思想先于我们今天看到后者的名字所联想到的建筑景点。

文学及其时代

波旁王朝复辟后很长一段时间里，有关大革命的文学作品仍旧继续被创作出来。在这一点上，应该观察到两个方面，一个明显，另一个不那么明显。明显的是，从1789年的三级会议到1814年路易十八登基之间的四分之一世纪里，对这些年发生的事件的描述要少于随后的几个世纪。因此，法国从接下来的时期开始有许多关于大革命的小说、戏剧和诗歌。另一个不那么明显的方面是，当我们在某个历史框架内书写无论何时的文学作品时，都很难抵制以下（错误的）观念，即过去的法国人民，他们可以得到与我们同样范围的文本。当然，在大多数情况下，他们有更多的书；他们有许多一经印刷从未再版的书，或是当时畅销，随后便消失在法国国家图书馆深处的书。据说大革命时期有一千多出戏剧被创作出来，但是（正如维庸可能会问的那样）：昨天的戏剧在哪里？

另一方面，在某些情况下，我们拥有一些与其同时代的人看不到的作品。德古热的《女权与女性公民权宣言》于1791年出版，但当时有多少人真正看到过这个现在出现在很多高校的法国大革命课程中的提议？以萨德为例，他在巴士底狱写下的手稿

《索多玛的一百二十天》在获释后丢失了，直到20世纪30年代才被广泛印刷。萨德的这部作品是应该被视为18世纪文学史的一部分，还是20世纪文学史的一部分？当然，这样的问题不仅限于这个特定时期，甚至也不限于未出版或很少流传的作品。蒙田的《随笔集》（1580年第一版，1588年和1595年修订版）通常被视为16世纪文学文化的一部分。然而，包含一些最重要章节的《随笔集》的第三部，只能在16世纪的最后11年里被读到，尽管蒙田在他死后的一个世纪里成为非常重要的作家。还有伊莱娜·内米洛夫斯基的中篇小说，在奥斯维辛遇害前写成，于六十多年后才以《法兰西组曲》（2004）为名出版。它们在某种意义上属于第二次世界大战和大屠杀文化，在另一种意义上属于21世纪初的文学文化。

回顾大革命

因此，这场大革命继续以多种多样，有时是矛盾的方式激发文学作品的灵感，并继续将重点放在人物身上，在这场大动荡之前这些人物是无法想象出来的。杜拉斯公爵夫人的短篇小说《欧丽卡》（1823）在很多方面都表现为一部非常现代的作品，它既与奥兰普·德古热的反奴隶制及支持女性的作品有关，也与当今的女权主义和对非欧洲文化的兴趣有关。另一方面，《欧丽卡》是从一种高度保守的观点中产生的，它以谴责启蒙运动中的进步贵族和革命给解放带来了过度的希望而告终。用她自己的话来说，故事的中心人物欧丽卡是启蒙运动和一场不完全的大革命创造出来的怪物。她的第一人称叙事（由一位主治医生以书面形式呈现）讲述了她作为一名塞内加尔孤儿来到法国的故事，她两岁时被一位善良的殖民地总督收买为奴隶，并交给了他的姑妈，后者把她当成心爱的孩子抚养成人。欧丽卡过着幸福的生活，并接受了“完美的教育”，学习英语、意大利语、绘画，阅读最优秀的作家的作品。她知道自己是个“黑鬼”，但一点儿也不认为这是个缺点。每个人都觉得她迷人、优雅、美丽。她是一位出色的舞者。简而言之，对欧丽卡而言一切都很美好，直到有一天，她无意中听到她慷慨的赞助人和一位朋友的对话：“为了让她开心，我愿意做任何事，但当我想到她的处境时，我觉得毫无希望。可怜的欧丽卡！我看她是孤独的，终生孤独！”

从那时起，欧丽卡意识到她的种族使她无法在一个只有婚姻才能赋予地位、尊严和体面关系的社会里结婚。用故事中一个人物的话说，欧丽卡的成长过程“违反了自然秩序”。她只能嫁给一个“为了钱也许会同意生黑人孩子”的劣等的、贪财的男人。欧丽卡最后来到了一座修道院，既为在海地起义的非洲奴隶，也为在法国大革命中被处决和上法庭的非洲奴隶而感到羞耻。除了修道院，她在任何地方都格格不入，既不适于旧法国的、她在其中被抚养成人的白人贵族秩序，也不适于她的祖国塞内加尔，更不适于被认为是平等的民主社会。杜拉斯公爵夫人在复辟时期主持了一个非常有影响力的巴黎沙龙，她在《欧丽卡》里展示了法国浪漫主义保守或反动的一面。这个简短的故事融合了卢梭和圣皮埃尔关于社会的有害影响和自然秩序的一些观点——欧丽卡就像一个塞内加尔的弗吉尼亚人，在被运到欧洲时迷失了方

图8　让-巴蒂斯特·卡珀克斯制作的胸像，题为“为什么生而为奴？”（1868）

向。但杜拉斯公爵夫人的“自然秩序”的观点是反革命的，属于结束流亡归国的复辟贵族的世界。

这些流亡贵族中的许多人都怀着对旧秩序的坚定的怀旧之情来写作，他们的背景往往可以追溯到遥远的过去，或者继续18世纪对异域风情的探索，但带有反启蒙的、基督教的色彩，就像非常有影响力的《基督教真谛》（1802）一书的作者，弗朗索瓦-勒内・德・夏多布里昂呈现出的那样。他的中篇小说《勒内》最初作为这部较长作品的一部分出版，在《勒内》中，他描绘了一个陷入困境的主人公勒内，一个孤独、痛苦、以自我为中心的贵族，他被对妹妹的乱伦之爱所困扰（这里再一次坚持违反自然秩序的悲剧后果），妹妹在北美印第安人中找到了真相。勒内前往路易斯安那州可能是受到安托万・弗朗索瓦・普雷沃斯特早先创作的极受欢迎的《曼侬・莱斯戈》（1731）的影响，在这部作品中，妓女曼侬——后来很多“悲剧女性”的原型——和她的情人在法国殖民地寻求平静的生活，但曼侬在荒凉的荒野中死于暴晒和疲惫。夏多布里昂在某种程度上是卢梭的自相矛盾的追随者，他把新世界作为批判现代人类的有利条件：异化、自大、缺乏屈从于传统的谦卑。在夏多布里昂看来，“现代”和进步的概念，其含义与大革命之前大相径庭。启蒙运动在很大程度上接受了从17世纪起对古典主义的推崇，这种推崇远高于古典主义产生于其间的中世纪。夏多布里昂接受了进步的观点，但将其归因于基督教，因此将重点从古代转向基督教统治的世纪。他与重要的理论家、批评家，《论文学与社会建制的关系》（1800）的作者斯塔尔夫人（除此以外她还有其他许多作品）进行了一场公开的争论。在争论中，他强烈反对任何不以基督教为基础的现代性的积极概念。在19世纪，他对中世纪古典世界观的颠覆拥趸甚众。

大革命引起的政治与文化分歧的另一边是司汤达（马利–亨利·贝尔的笔名，1783—1842），他曾在拿破仑的军队服役，他在于连·索雷尔，《红与黑》（1830）的主人公身上创造了反勒内的类型。于连是一个雄心勃勃的年轻人，出身非常低微，受拿破仑的鼓舞，却生活在波旁王朝的压迫之下。青少年时期，他最喜欢的书是卢梭的《忏悔录》和《圣赫勒拿岛回忆录》，后者是拿破仑在滑铁卢战败后，作为阶下囚的最后几年的谈话录。司汤达被认为是“现实主义”小说的先驱，他既创造了一个令人着迷的复杂角色，又唤起了大革命后直到七月革命的长期的社会紧张和动荡（如同司汤达1830年的小说）。尽管于连的两个主要特征是虚伪和野心，但他周围的女人和男人都爱他，在他向上流社会升迁的过程中帮助他，随后便是他的惊人罪行和死刑。他的英雄抱负——无论他采取何种反英雄的手段来实现它们——与他周围社会的庸俗、自命不凡和贪婪之间的对比，是之后不久在阿尔弗雷德·德·维尼的戏剧《查铁敦》（1835）和随后几十年的许多作品中发现的英雄浪漫主义概念的典范。

第六章

驼背人、家庭主妇和漫步者

正如司汤达的小说所显示的那样，19世纪早期的法国在政治和文化上是分裂的，一方面是与传统机制（如罗马天主教会、君主制、市郊和乡村）重新连接的愿望，传统机制让人觉得每个人在社会秩序中都有一个相对固定的位置，另一方面是对人类潜能、自由和普遍权利理想的渴望。这种二分法具体的表现形式通常为巴黎与外省（法国的其他任何地方；重要的是，在法语中，这是一个单数名词的表达，既指地点，也指条件）之间的对立。

怀旧与历史

法国大革命的余震与反革命的反应一直持续到19世纪末——德雷福斯事件和左拉1898年振聋发聩的社论《我控诉》揭露了法国贵族特权的持续存在，但另一场革命，工业革命，起到了影响法国社会以及对时间、地点、人际关系和人类创造的观念的作用。对古代制度和基督教文化遗产的迷恋，以夏多布里昂为例，成为一种趋势，并通过如儒勒·米什莱的历史学家、如圣伯夫的文学史学家、如维奥莱-勒-杜克这样的建筑师等人的作品而具有更大的历史分量。杜克（以现在人们通常认为的比历史上准确的方式更具幻想性的方式）负责重建巴黎圣母院大教堂、圣米歇尔山和卡尔卡松城堡。继夏多布里昂和斯塔尔夫人的作品之后，维克多·雨果在其戏剧《克伦威尔》（1827）的序言中有力地提出了一个有关社会和审美进步的理论，它以人类社会三个时代的概念——原始、古代或古典、现代——为历史框架，这与文学类型的发展顺序相对应：抒情诗、史诗和戏剧。

对雨果而言，“现代”阶段相当宽泛，因为他将其等同于基督教在欧洲的统治地位。戏剧诞生于基督教对人类说下面这番话的那一天：

> “你是双重的，你由两个造物组成，一个易腐，另一个不朽；一个是肉体，另一个虚无缥缈；一个被欲望、需求和激情束缚，另一个在热情和遐想的翅膀上诞生；一个总是俯向地球，它的母亲，另一个总是跃向天堂，它的家园。”这就是戏剧诞生的日子。

从这种双重性概念出发，雨果坚持所有现代艺术的混合特征：既应描绘卑劣的，也应描绘崇高的；既应描绘琐碎的，也应描绘重要的。雨果拒斥17世纪和18世纪的戏剧，他［如同司汤达在《拉辛与莎士比亚》（1823—1824）中指出的一样］认为英国剧作家优于法国悲剧作家，因为莎士比亚除了崇高，还包含了忧郁、粗俗和怪诞。雨果指责法兰西学院及其新亚里士多德诗学扼杀了科内尔的创造力，他尤其称赞《熙德》的作者是“一个

图9　卢克–奥利维耶·默尔森版画（1881），灵感来自维克多·雨果的小说《巴黎圣母院》（1831）

完全现代的天才，受中世纪和西班牙的激发，却不得不自欺欺人，投身于古典”。

怪诞英雄

怪诞与中世纪之间的联系出现在雨果的《巴黎圣母院》（1831，早于修复这座摇摇欲坠的历史建筑十四年，修复部分是由于雨果作品的影响）里——这部小说更广为人知的英语名是《圣母院的驼背人》。尽管雨果并不赞同英文书名，因为对他而言，大教堂本身才是中心角色，但小说中15世纪晚期的敲钟人卡西莫多集畸形的躯体和慷慨的精神于一体，提供了一个双重性的典范，作者是如此珍之重之。驼背人第一次出现在小说中，是节日狂欢的人群决定根据最丑的鬼脸选出自己的“傻瓜教皇”。参赛者依次把脸伸进教堂墙壁上的一扇破圆窗户里——这样，实际上，鬼脸和石头结合起来，暗示了哥特式的怪人或石像。最后，一个众人皆赞的脑袋出现了。它是完美的：“这时惊讶和赞叹达到了顶点，原来那副怪样正是他的本来面目啊。或者可以说，他的全身都是一副怪样。”[①]这就是卡西莫多，他在转喻和隐喻层面都与大教堂本身联系在一起：他经常出现在教堂里，同时与这座建筑的哥特式美学相似。

但这种怪诞的双重性最著名的戏剧范例是阿尔弗雷德·德·缪塞的戏剧《洛伦佐传》，在雨果为《克伦威尔》作序七年后

① 译文摘自《巴黎圣母院》，陈敬容译，人民文学出版社，2019年5月。——译注

出版。《克伦威尔》和《洛伦佐传》在其作者的有生之年都没有上演过，按照当时的审查标准，两者都过于具有煽动性，而且以其出版形式，都被认为是不可能上演的——缪塞的戏剧似乎需要六十到一百名演员和群众演员。缪塞的《洛伦佐传》部分参考其情人乔治·桑（阿芒丁娜·奥洛尔·吕西·杜班，杜德旺男爵夫人）的文本，一出名为《1537年密约》的历史剧。缪塞的作品聚焦于主人公的道德特点，一开始无论是对观众，还是对剧中几乎所有同时代的人而言，都似乎是完全邪恶的。洛伦佐完全沉浸在酒精和性的快感中，为他的主人和表兄佛罗伦萨公爵亚历山大充当皮条客，为了后者，他迅速而熟练地通过威胁、许诺和金钱获得城中妇女的性服务。他是个胆小鬼，从不佩剑，当有人向洛伦佐发起决斗时，他吓晕了，连公爵也称其为“软蛋”。随着剧情的展开，洛朗札齐奥（佛罗伦萨人给他的蔑称）被视为恶霸、间谍、马屁精和懦夫，似乎值得所有人的鄙视。但接着，洛朗札齐奥的角色看上去被故意设置成以杀死亚历山大为目标——这样一来，洛伦佐只不过是一个非常成功的演员，隐藏了统一而高尚的自我。然而，洛朗札齐奥让缪塞着迷的是某些更阴暗的东西：洛伦佐，原本纯洁、好学、理想主义的古罗马学者，以杀死塔克文的卢修斯·尤尼乌斯·布鲁图斯为榜样，他不仅仅是假装恶毒，毋宁说是真的成了洛朗札齐奥。

雨果的双面人的概念，既可怕又崇高，在缪塞的主人公身上得到了实现，后者确实沉迷于粗野放荡的生活，同时仍然渴望一种政治与人格都纯洁的英雄姿态。我们被引导去假设，在第一幕中看到的洛朗札齐奥不仅仅是一个假象，而是他自身欲望的真实表达：

> 对于行家来说，还有什么比幼儿的放荡更令人好奇的呢？在一个十五岁的孩子身上看到未来的荡妇；在友情建议的幌子下，慈父般地研究，播种，渗透恶行神秘的脉络。

洛朗札齐奥在佛罗伦萨的家庭中传播腐败，他自己也在堕落，变得如此愤世嫉俗，或者说如此现实，以至于在人性方面，他的将杀死亚历山大的孤胆密谋坚持到底的意图，与佛罗伦萨某些家庭群体的反暴政没有任何关联。在表现佛罗伦萨人——毫无疑问，通过他们，也表现了他19世纪的同代时人——的性格时，缪塞指出那些表面上“高贵”并迅速捍卫自己荣誉的人是无能的。洛朗札齐奥，表面上卑鄙，却设法杀死了亚历山大公爵，虽然这确实改变不了什么。在这出戏的结尾，与开始时一样，佛罗伦萨人抱怨、密谋，生活照旧继续。

外省生活

英勇奋斗是徒劳的，资产阶级粗俗的、享乐主义的、保守的常识总是会战胜那些在生活之外寻求更多东西的人，这种恼怒的感觉常常体现在快速变化、时尚的巴黎与乏味的、乡村的、无趣的外省生活的对比中。巴尔扎克写下体量惊人的小说集，在其创作过程中，他决定称之为《人间喜剧》，小说集分为多个系列和子系列，反映了巴黎—外省的区别的重要性，例如“外省生活场景”、“巴黎生活场景”和“乡村生活场景”。然而，与外省生活的牢笼进行抗争的最伟大的英雄是爱玛·包法利，她是福楼拜的小说《包法利夫人》里的主人公。

1856年，当这部作品第一次以连载的形式出现在《巴黎评论》上时，它有一个非常重要的原标题，《包法利夫人，外省风俗》。爱玛，一个比她周围的任何人都聪明的女人，尽管她只受过修道院的教育，对她而言，最强大的魔法存在于以下句子中，“巴黎就这样做！”[①]这几个字足以把她推进第二个情人的怀抱。对她来说，巴黎是她的终极梦想之地，尽管没有理想的角色或人物形象，这个地方不够宽敞。福楼拜的小说充满了对推动行动的表现与因素的效果的表现。爱玛喜欢那些从修女、小说、杂志，甚至餐盘所讲述的故事里走向她的女主人公！作为修道院里的孩子，他们“用彩绘的盘子吃晚饭，盘子上画着德·拉瓦利埃尔小姐（路易十四的年轻情妇，曾经从宫廷流落到修道院）的故事”。在偏远的诺曼村庄，爱玛收取从巴黎寄来的杂志，还阅读乔治·桑和巴尔扎克的小说。她的婆婆一度试图阻止她阅读小说——暗示爱玛是她那个时代的堂吉诃德，因为阅读而发疯。她的生活在能量强烈的情感冲动和挣扎着实现自我之间循环往复，随之而来的是周期性的昏睡和生病。这种交替变化，在季节周期上如此规律，似乎古来有之，从未改变过，它与外省的乏味生活形成了鲜明

① 译文摘自《包法利夫人》，李健吾译，人民文学出版社，2015年7月。——译注

对比。尽管爱玛在她的阶层中——福楼拜由此以狄更斯式的敏锐塑造出众多栩栩如生的人物——鹤立鸡群，但她既不十分聪明，也不极为考究。她的不幸印证了雨果在《巴黎圣母院》中说过的一句话："一个独眼人和完全的瞎子比起来缺点更严重，因为他知道他缺什么。"[①]

福楼拜传达的对外省的看法（同司汤达和巴尔扎克的小说一样）表明，卢梭和贝尔纳丹·德·圣皮埃尔的追随者如此珍视的对自然和乡村生活的崇拜，在19世纪中叶遭到了抵制。在福楼拜的作品中，放牛并没有什么振奋人心和高尚的地方，鲜花盛开的田园景色没有给爱玛带来任何慰藉。事实上，通过爱玛烂俗的想象，福楼拜戏仿了遁世乡村的田园诗的浪漫观念，爱玛幻想着和鲁道夫私奔到"一个渔村，沿着峭壁和茅屋，迎风晾着一些棕色的渔网。他们就在这里待下来，在海边港湾深处，住在一所棕榈树的浓荫覆盖下的平顶矮房"。[②]这特别滑稽，也非常可悲，住在乡下的爱玛已经将她对城市居民的幻想内化了。

由于爱玛是福楼拜的朋友和同为小说家的乔治·桑的读者，很难不将爱玛的性格与桑的早期作品《康素爱萝》（1842）中的女主人公相比较，这是一部宏大的历史小说，背景设在18世纪，其结构几乎是流浪汉小说式的，但在风格上却不尽相同。《康素爱萝》追述了康素爱萝的一生，从威尼斯的贫穷的童年到最终与半疯的鲁多尔施塔特的波希米亚（捷克）贵族阿尔伯特的婚姻。逐一对

① 译文摘自《巴黎圣母院》，陈敬容译，人民文学出版社，2019年5月。——译注
② 译文摘自《包法利夫人》，李健吾译，人民文学出版社，2015年7月。——译注

照，这两部小说完全相反：爱玛被困在一个平淡无奇的法国村庄里，而康素爱萝的生活几乎是一部奥匈帝国游记；爱玛向往贵族生活，向往城市和剧院的精致，而康素爱萝则花费大量的时间逃离这些。爱玛周围的生活似乎非常无聊，但她试图给它注入激情，而康素爱萝的生活则充满罗曼蒂克的氛围，以及在有地下通道和幽暗森林的中世纪城堡里的冒险。但最重要的是，女主角的性情是截然相反的。康素爱萝本身就是善，她总是耐心、慷慨、足智多谋、关心他人，对财富和名望无动于衷，不需要逃进异国情调。

城市流亡者

“世界之外的任何地方”是夏尔·波德莱尔对人类愿望的判断，爱玛·包法利如此出色地诠释了这一点，而它对康素爱萝而言却是如此陌生。这个表达，在英语中，是散文集《巴黎的忧郁》（1869）中一篇散文诗的标题。在《世界之外的任何地方》中，他唤醒了永恒的“别处”的力量：“今生是一所医院，每个病人都被换床位的欲望所困扰。”这种对世界其他地方正在发生的事情的兴趣是一个有趣的悖论的关键，福楼拜、巴尔扎克、桑、司汤达，以及其他人，可以用外省人的故事来娱乐见多识广的读者，他们被认为过着令人窒息的生活，继而表现为终其一生向往巴黎（或者渴望乡村生活，如果他们是巴黎人的话）。一个不幸的外省家庭主妇的生活中又有什么能使像波德莱尔这样的巴黎人感兴趣的呢？

波德莱尔是福楼拜的小说的众多崇拜者之一。在他关于《包法利夫人》的评论文章中——这篇文章发表于宣判福楼拜侮辱公众和宗教道德的罪行不成立后的几个月——波德莱尔将这部小说描述为写作力量的胜利，这种力量如此伟大，以至于几乎不需要主题。波德莱尔知道或是凭直觉得出福楼拜在五年前写给情人露易丝·科莱的一封信中的著名表述，说他的梦想是有朝一日写一本“无关任何的书……几乎没有主题，或者至少几乎看不出主题”（1852）。波德莱尔在《包法利夫人》中发现了这种艺术挑战的胜利：选取最平庸的主题，通奸，在愚蠢和偏狭大行其道的地方，外省，创造一个女主人公，以男性的方式面对这种“天才的完全缺席”。这位女主人公，包法利夫人本人，“在她的同类中，在她狭隘的阶层中，面对她的渺小前景，是非常崇高的”。波德莱尔在赞美福楼拜的小说及其女主人公的同时，似乎有时会自我认同于她，尽管他们所处的地方截然不同。

波德莱尔是典型的巴黎诗人，几乎无法想象他在其他地方，但这并不是说他为巴黎唱赞歌。波德莱尔吸收了雨果关于怪诞和人类双重性的教义，对丑陋和崇高以及所有不可预测和格格不入的东西着迷。作为一个百分之百的巴黎人，波德莱尔既是诗人，又是他诗歌的主题，他像爱玛·包法利一样，培养了错位的意识。关于爱玛，他写道，在她的修道院学校里，她为自己创造了一个“未来和机遇之神”，对波德莱尔而言，首都最重要的价值之一就是它能够制造产生抒情诗的随机相遇。

19世纪中叶，大都会可能提供的自由和机会，是法国的其他任何城市望尘莫及的，因为它正在爆炸式增长，这很容易理解。

1801年，巴黎的人口几乎与17世纪末相同，在不到14平方千米的土地上大约有50万居民。到19世纪末，人口增加了五倍，巴黎吞并了附近的城镇和村庄，使城市面积扩大了八倍。这样的环境有利于波德莱尔归于爱玛·包法利的"机会之神"，他也为自己抓住了一个恰逢其时的诗意人物形象，漫步者的形象，他在一篇关于画家康斯坦丁·盖斯的文章《现代生活的画家》中如此描述这个角色："对如假包换的漫步者而言，对于充满激情的观察者来说，置身于人群、起伏、迁移、跳动和无限之中是一种极大的乐趣。"十四行诗《致一位过路的女子》（收于《恶之花》中）描绘了诗人—漫步者在这座巨大的、行色匆匆的现代城市中所珍视的相遇的密集度和偶然性。两段四行诗句，没有指向，描述了一个拥挤的街道场景，然后是一个引人注目的女性形象。诗句首先提及女人的目光，随后诗人直接对这个女人说话。闪电般的一瞥将诗人的思绪从这次邂逅转向了未来不可能的邂逅，并将这首十四行诗转向了爱玛·包法利和她的读者所熟知的主题：对充满爱的他地他时的渴望。唯一的斜体字*jamais*（永诀）——波德莱尔几乎从未用过斜体字——强调了此时的世俗特征，即今生可能不会出现。令人伤逝的女人，实际上可能是**死亡**，但她也可能只是人群中的一个女人，她稍纵即逝的形象滋养了诗人的想象力，诗人在这种精神交流中赋予了她一个相应的角色。这首诗的标题暗示了极端，城市生活的充实，人们在城市中快速迁移，彼此擦肩而过（人们在村庄里不会这样），也暗示着超越生命的人的行动的最终缺席——生与死本身压缩成了黑暗紧随其后的光明的对立面。

致一位过路的女子[①]

喧闹的街巷在我周围叫喊。
颀长苗条，一身哀愁，庄重苦楚，
一个女人走过，她那灵动的手
提起又摆动衣衫的彩色花边。

轻盈而高贵，一双腿宛若雕塑。
我紧张如迷途的人，在她眼中，
那暗淡的、孕育着风暴的天空
啜饮迷人的温情，销魂的快乐。

电光一闪……复归黑暗！——美人已去，
你的目光一瞥突然使我复活，
难道我从此只能会你于来世？

远远地走了！晚了！也许是**永诀**！
我不知你何往，你不知我何去，
啊我可能爱上你，啊你该知悉！

作为雨果的双面人的一个变体，漫步者非常巧妙地适应了时代，特别是对逝去的过去和未遂事件的不和谐。他生动地生活在

① 译文摘自《恶之花》，郭宏安译，广西师范大学出版社，2002年。——译注

现在、过去的巴黎和别处。在《天鹅》（献给维克多·雨果，1860）这首诗中，波德莱尔以巴黎的另一次偶然邂逅为主题，巴黎正在经历奥斯曼在1853年至1870年间进行的巨大变革，他创造了拥有我们今天所知的宽阔林荫大道和标准建筑高度的城市。在此过程中，中世纪的巴黎几近消失，从而赋予中世纪的遗迹一种新的、怀旧的价值。

在《天鹅》中，波德莱尔创造了不同时刻的巧妙的镶嵌画，特别是这三个：现在，他正在穿越杜伊勒里宫和卢浮宫之间新建的卡胡赛尔广场；一个过去时刻，那里曾经有一个动物园；古希腊的想象时刻，特洛伊王子赫克托耳的遗孀，成为皮洛士的奴隶的安德洛玛克，俯身向她英勇丈夫的纪念碑。波德莱尔将这些时刻聚集在“缺席”的主题轴上：在穿越卡胡赛尔时，他看到动物园已经不在那里了。在那个动物园里，一只天鹅从笼子里逃出来，徒劳地在干燥的人行道上找水。诗人想象天鹅回忆起逝去的青春之湖，然后想象安德洛玛克回忆起赫克托耳。这首诗的最后三段四行诗唤起了无数其他失去了东西的人，特别是那些失去处所的人，比如“瘦弱憔悴的黑女人……找寻……骄傲非洲失落的棕榈树”。如此，城市诗人可以用漫步者的形式来丰富他对叙事人物的体验，因为他将逐一自我代入他们：安德洛玛克、天鹅、非洲女人，甚至可能还有《罗兰之歌》中即将死去的英雄：“一桩古老的记忆又把猎角狂吹。”

在波德莱尔看来，巴黎唯一恒久不变的可能就是无穷无尽的变化，这种变化在《天鹅》之后的十年里加速了。1870年至1871

图10　马克西姆·拉兰（1827—1886），《为建造圣日耳曼大道而进行的拆除工程》，奥斯曼重建巴黎的一幕

图11　克劳德·莫奈,《圣拉扎尔火车站》(1877)

年的普法战争终结了第二帝国，带来了被称为巴黎公社的起义及对其的血腥镇压。19世纪后半叶，巴黎的面积几乎增加了两倍，以首都为中心的铁路网的持续发展带来了更多的工人。

这种变化的一面反映在埃米尔·左拉（1840—1902）的自然主义小说中，它们关注的是这个繁荣时期，即法国殖民帝国的全盛时期真实的底层。这些作品包括《小酒店》（1877）和《人兽》（1890），都是关于酗酒对工人阶级家庭的伤害。但是，作为对小说和戏剧对自然主义的反应，象征主义出现了，波德莱尔是其发轫，而斯特凡纳·马拉美则是其最伟大的代表。马拉美的绝大多数诗歌，表面上轻浮、偶然（例如，关于女性的扇子、发型的系列等），涉及死亡和纪念，特别以诗人为典范。除了龙萨和雨果，马拉美可能是最积极地倡导用语言本身的力量来挑战死亡的诗人。因此，马拉美的主人公通常是诗人，在一系列“墓穴”十四行诗中被颂扬，比如《爱伦·坡之墓》（1876），但最终，马拉美在身后出版的、创作于1870年左右的《伊吉杜尔，或埃尔比农的疯狂》中达到了抽象的顶峰，散文诗的主人公名字就叫伊吉杜尔（拉丁文“因此”的意思）。主人公在用掷骰子挑战虚无之后，在坟墓中死去：“这个人物，相信唯一绝对的存在，在梦中想象自己无处不在［……］认为行动是无用的。”这个文本可能是马拉美在将近三十年后出版的伟大的神秘主义诗歌《骰子一掷永远取消不了偶然》（1897）的最初形式，在后者中，我们似乎又一次撞见伊吉杜尔掷骰子。在它的图形布局上，外形上以不同的字形和字体撒落于纸面，这是法语文学中最具创造性的文本之一，对接下来的一个世纪至关重要。

LE NOMBRE

EXISTÂT-IL
autrement qu'hallucination éparse d'agonie

COMMENÇÂT-IL ET CESSÂT-IL
sourdant que nié et clos quand apparu
enfin
par quelque profusion répandue en rareté
SE CHIFFRÂT-IL

évidence de la somme pour peu qu'une
ILLUMINÂT-IL

LE HASARD

Choit
la plume
rythmique suspens du sinistre
s'ensevelir
aux écumes originelles
naguères d'où sursauta son délire jusqu'à une cime
flétrie
par la neutralité identique du gouffre

图12　斯特凡纳·马拉美的诗歌《骰子一掷永远取消不了偶然》(1897)中的一页

第七章

从马塞尔到萝丝·瑟拉薇

普鲁斯特小说的世界

马拉美的抒情诗中令人陶醉的形而上学的抱负，有时似乎准备抛开语言和书页，它起初似乎与卷帙浩繁的意识流长河小说、标志着20世纪开端的马塞尔·普鲁斯特（1871—1922）的《追忆似水年华》（1913—1927）没有什么共同之处。然而，这两位“美丽年代”（这个称谓是第一次世界大战之后取的，指代大战前从1871年普法战争结束到1914年的和平年代）的作家有着相同的、受到当时哲学运动滋养的冒险精神。人们很容易把普鲁斯特的小说看作是一部教育小说[（Bildungsroman）或者是它的变体，艺术家成长小说（Kunstlerroman）——艺术家的教育]，但在这部小说中，这种形式通常的线性已让位于经验时刻与后来的诠释时刻之间极为复杂的相互作用。这种复杂性因篇幅、基于对正确使用遗物的不同看法的版本比较，以及标题各异的不同英文译本而更加复杂。《追忆似水年华》目前在法国七星文库的版本（附有大量注释）篇幅超过7 000页，由七卷加了标题的子小说组成。其中的第一卷（1913年由作者自费出版）《在斯万家那边》包含了以下章节："贡布雷"、"斯万之恋"和"地名：那个姓氏"。七卷子小说中的最后一卷《重现的时光》出版于1927年，也就是普鲁斯特去世后五年。小说的时间跨度从最早的贡布雷的童年记忆，一直延伸到该系列最后一卷小说《重现的时光》（*Le temps Retrouvé*，字面意思是"重新找回的时间"）中战后巴黎的场景。

第一章，贡布雷，以叙事者关于睡觉和醒来的叙述开头——令人吃惊的第一句是"在很长一段时间里，我都是早早就躺下了"。[①]读者无法知道是谁在发表这一声明——事实上，主人公的名字在组成整部作品的七卷子作品中很少被提及，但很快就清楚了，关于这个"我"存在某种非常大胆和神秘的东西。在看书时睡着了，他写道，有时候在半小时后醒来时，仍想着之前正在读的那本书。但是这些想法往往有一种特殊的形式："我总觉得书里说的事，什么教堂呀，四重奏呀，弗朗索瓦一世和查理五世争强斗胜呀，全都同我直接有关。"叙述者用了几页的篇幅，对意识觉醒时的内容进行了调查，并对思维主体与一系列完全不同的客体的认同进行了评论。大脑起初并未将它们当作是客体，而仅仅是将之视为自身的一部分，对于读者而言，这个事实最令人吃惊。叙述者继续追踪分离阶段，思考者重新回到清醒的世界，并且不再理解最初看起来如此天真的显而易见的梦中的想法。

这部小说的开头几页，以其对自我边界的彻底质疑，深深地

① 《追忆似水年华》的译文均引自《追忆似水年华》（全七册），译林出版社，2012年6月。下同。——译注

扎根于法语文学的传统。蒙田在《随笔集》“论实践”一章的一个著名段落中叙述了他在一次摔倒后恢复意识的经历，卢梭在他的《孤独漫步者的遐想》中也这样做过。笛卡尔在《方法论》中也曾试图剥离自我意识，回归简单的存在意识，后者先于任何有关思考自我的性质的现有认识。在普鲁斯特的时代，弗朗茨·布伦塔诺和他的两位杰出的学生，埃德蒙·胡塞尔和西格蒙德·弗洛伊德的教导，使这种笛卡尔式的质疑重新流行。普鲁斯特当然知道亨利·柏格森的作品，他关于时间意识的著作经常被拿来与普鲁斯特的作品相比较。尽管普鲁斯特可能是自主地对自我清醒的现象学产生了兴趣，但不可否认，他为意识、感觉和记忆的探索带来了新的活力和具体性。

他还重新凸显了童年。关于上床睡觉和醒来的开场冥想引出了在贡布雷的暑假期间的家庭就寝仪式。为了让孩子从睡前必须与母亲分离的痛苦中分心，他的家人让他在自己卧室的墙上投射一盏幻灯投影，在那里，用图像展现的传奇故事中的英雄戈洛，展示了他根据被投射于其上的物体——门把手、窗帘、墙壁——自我变形的能力：“戈洛的身体……能对付一切物质的障碍，遇到阻挡，他都能用来作为赖以附体的依凭，即使遇到门上的把手。”如此，作为一个成人叙述者，马塞尔能够将清醒的自我想象成一座教堂或国王与皇帝之间的较量，这一能力在孩子对幻灯展示英雄形象的体验中得到了预体现，因为这种体验超越了时间和地点，成为他本身。弗洛伊德用另一种方法教授童年经历的长期影响，而普鲁斯特则用这种延绵不断的叙事模式以及人们确认——以及与之认同——主人公角色的能力，把童年和成年紧密地联系在一起。

这种能力出现在叙述者对斯万的描述中，斯万是年轻的马塞尔家族的一位成年朋友，巴黎人，他和马塞尔的父母一样，在贡布雷有一座乡村别墅。作为孩子，马塞尔害怕斯万来参加晚宴，因为这意味着他的就寝仪式将受到干扰，他的母亲将忙于履行女主人的职责。简而言之，斯万似乎是由于爱人的缺席而造成可怕痛苦的原因。然而，作为一个成年人，马塞尔认为，斯万比任何人都更清楚这种痛苦是什么样的，因为他也因为爱奥黛特·德·克雷西而遭受痛苦。对斯万的这种处理仅仅是马塞尔作为叙述者——但同时也是主人公——聚焦他人的广泛维度的特征塑件的一个典型例子，他随着年龄的增长，发现人们的不同侧面。早期对“戈洛”可以是他自己，也可以是一个门把手的意识，其中产生的魅力是一种为后续意识提供价值的力量，他后续意识到最初看起来完全不同且不相容的人、态度、行为和地点，实际上是一体的。例如，贡布雷通往斯万家（通往“在斯万家那边”）的小路一开始似乎与通往盖尔芒特城堡的道路完全相反，斯万和贵族盖尔芒特家族似乎毫不相关，但后来证明他们有关联。然而，甚至正如他对空间组织的感知所显示的那样，叙述者最伟大的才华在于创造出令人难忘的人物。因此，《追忆似水年华》的任何一位读者都有可能在脑海中上演一出保留剧目，剧中演员有女仆弗朗索瓦丝、莱奥妮姑妈、夏吕斯男爵、圣卢、阿尔贝蒂娜、画家埃尔斯蒂尔等人。这些都是从叙述者自己的“自我”

中流淌出的，他成了一个超级人物，储藏了他所叙述的整个世界。小说最动人的篇章是收尾部分《重现的时光》，他意识到过去从未过去，它仍然活在他身上。

马拉美的遗产

普鲁斯特同时代的保罗·瓦莱里（1871—1945）有着截然不同的审美气质。与前者的长篇小说以及众所周知的冗长晦涩的句子（有些句子长达好几页）形成鲜明对比的是，瓦莱里的文本无论是散文还是诗歌篇幅都非常小。在法语文学中比较不寻常的主人公有他的泰斯特先生，他是一系列文本的主人公——我们可以称之为散文诗或随笔，在这些文本中，瓦莱里以第二自我的形式探索自己的智识，他的名字能让人联想到“头”（古法语中的tête或teste）和“文本”。同样，在他的诗歌中，瓦莱里展现了一个自我，一个moi，接近形而上学的自我。瓦莱里是马拉美最近的继承人，也是最后一位伟大的象征主义诗人，他最伟大的诗歌成就是《海滨墓园》（1920）。就像许多当代绘画（你可能会想到康定斯基）一样，这首24节诗唤起了一个事件或场景，然后萃取其精华，提炼到几乎瞥不见有形事件的程度。在《海滨墓园》里，诗人似乎在描述一种顿悟，这种顿悟是当他从墓园眺望地中海时，在数小时的思考中产生的。他思考的问题是躯体、思想和时间之间的关系（也贯穿《泰斯特先生》的文本的主题），以及对躯体的最终接受，以及肉体生活的需求和乐趣。更容易理解的是出版于《海滨墓园》一年后的短诗《脚步》。

脚步

你的脚步圣洁，缓慢，
是我的寂静孕育而成，
一步步走向我警醒的床边，
脉脉含情，而又冷凝如冰。

纯真的人啊，神圣的影，
你的脚步多么轻柔而拘束！
我能猜想的一切天福
向我走来时，都是这双赤足！

这样，你的芳唇步步移向
我这一腔思绪里的房客，
准备了一个吻作为食粮
以便平息他的饥渴。

不，不必加快这爱的行动
这生的甜蜜和死的幸福，
因为我生活在等待中，
我的心啊，就是你的脚步。

《脚步》很好地诠释了瓦莱里在他的诸多诗歌中，在物质和形而上学的边界上起舞的方式。这首诗是写给一个“纯真的人”的。是女人还是精神？“神圣的影”是真的神圣，还是夸张？这些脚步是指真正的脚步，还是诗歌本身的韵脚？或者，pas是诗人的心跳（他说他的心就是这些pas），他能听到是因为周围的一切都寂静无声？当这些pas停止时，诗人，以及诗歌，似乎都将结束。这些是瓦莱里的诗歌所引发的各种问题，它们为耐心的冥想创造了机会，对于瓦莱里来说，这是相比19世纪的小说，诗歌明显的优越性。

超现实主义

瓦莱里的相识安德烈·布勒东也反对作为一种体裁的小说，《娜嘉》（1928年初版，1962年修订版）是他提出的一种替代。布勒东的作品意义重大是因为他是超现实主义者的领袖，这一运动反映了欧洲大陆对新事物的渴望，渴望新事物取代19世纪的文学和艺术，以及导致第一次世界大战杀戮的社会秩序。法国超现实主义是在其他运动的背景下出现的，如意大利的未来主义（战争之前已经发起，但在其后的几十年里产生了重大影响）、英国的漩涡派、苏联的结构主义、德国的包豪斯风格，以及瑞士和法国的达达主义。安德烈·布勒东是两篇《超现实主义宣言》（1924和1929）的作者，因此成为这些运动中最重要的公众领袖（这里所说的“运动”是指一群自称超现实主义者并倡导一套美学和社会教义的作家）。布勒东主张想象的生活优先，并认为大多数人都知道，“现实”生活只是一个更真实的（surréel，“高于现实”）生活的苍白反映，而更真实的生活是在推翻狭隘的理性主义思想形式、拒绝成人生活的有限选择的基础上实现的。在这样一个有限的、普通的、被实际问题支配的人身上：

> 他所有的姿态都将是畏缩的，他的想法都将是狭隘的。他只能根据发生在他身上和可能发生在他身上的事情，想象这件事与大量类似事件之间的联系，那些他没有参与过的事件，错过的事件。

我们大多数人都已失去的想象的生活，充满了残酷的可能性。在一个撇号中，布勒东感叹道，“亲爱的想象力，我最爱你的，是你不原谅”。对布勒东来说，想象的世界并不在传统小说家和诗人精心、悉心锤炼的创作中，而是在我们周围的日常世界中，而我们并没有意识到这一点。布勒东是西格蒙德·弗洛伊德早期和热心的读者[正如我们可以从“错过的事件”一词看到的那样——这个词是根据我们称为失言或“弗洛伊德口误”的法语术语的模式创造的]，他是阿尔弗雷德·雅里的《愚比王》（1896）和洛特雷阿蒙的《马尔多罗之歌》（1868年印行，但直到20世纪20年代才为人所知）的崇拜者，他倡导“自动写作”的概念，作为一种突破传统形式和理性主义思维的方法，首次在诗歌散文集《磁场》（1919，与菲利普·苏波合著）中实践。

鉴于布勒东的写作倾向于避免任何形式的预先构思、道德审查和对传统体裁的尊重，他非常重视生活中偶然性的创造作用也就不足为奇了。这一点在他的文本《娜嘉》中得到了体现，这部作品有时被称为“小说”，尽管布勒东抨击小说传统，并声称前者只是对真实事件的记录，以他与一个自称娜嘉（尽管她明确表示这不是她的真名）的年轻女子的偶然相遇为中心。他从娜嘉身上感受到了各种超心理学的力量，在回答他的问题“你是谁”时，她回答，“我是游荡的灵魂”。他见过她几次，通常是偶遇，当他们在

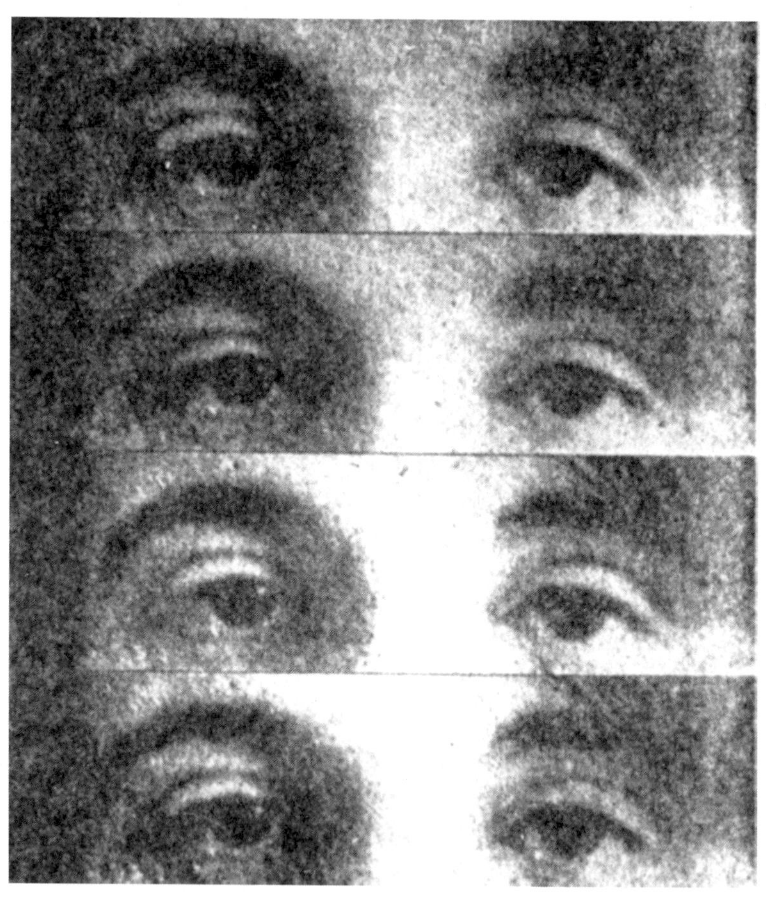

图13 “人字形的眼睛”，安德烈·布勒东《娜嘉》的摄影剪辑插图

巴黎漫步时，每个地点都因为半未言明的解释而变得沉重，这表明娜嘉至少以前曾来过这其中的某些地方。他们在多芬广场用餐，后来又发现他们偶然地身处一间名为“多芬”的咖啡馆；布勒东解释说，它经常被认为是同名的海洋哺乳动物海豚。布勒东对巴黎这些地点的真实性的尊重可以从文本中插入的48张照片看出，其中一些翻拍了娜嘉的画作，但大多数都代表了地点，比如先贤祠广场上的伟人酒店、多芬广场、人文书店、圣图安跳蚤市场等。这些照片表面上是为了避免冗长的描述，这些描述典型地是19世纪现实主义和自然主义小说的一部分，但是，既然布勒东也用文字描述事物和人，那么它们似乎还有另一个目的，或至少效果，那就是保存那些对作者来说几乎具有护身符意义的物品。

布勒东的这部薄薄的作品就体量而言，相比绝大多数小说，更接近于一本小册子——与普鲁斯特枝枝蔓蔓的作品至少有一个共同点。两位作者都认为日常世界是巨大的魅力源泉，并继续在可以被认为值得描写和叙述的东西上不断扩展更大的包容性。普鲁斯特将芦笋、柴油机尾气和同性恋妓院与哥特式教堂和室内音乐相提并论，而布勒东则认为跳蚤市场、系列电影和广告很重要，并将其囊括进他的文本中。更重要的是这些作者在审美创造中赋予无意识过程的作用。在《追忆似水年华》的一个著名段落中，普鲁斯特的叙述者马塞尔，将童年事件的重新发现归因于品尝浸在一杯椴花茶中的玛德莱娜小点心时突然闪现的回忆。这种对无意识回忆的审美可以与布勒东在《娜嘉》中表现的意图相媲美，他如此讲述自己的人生：

在某种程度上，它受到偶然事件的影响，从最小的到最大的，在这种情况下，我的生活与我对存在的常规观念相悖，生活把我带进了一个几乎被禁的世界，一个充满突然的联系、石化的巧合和阻止其他精神活动的本能反应的世界。

右翼的创新小说

并非所有写作的伟大转变都来自宣言和自我标榜的运动。在散文风格方面，路易-费迪南·塞利纳（1894—1961，原名为路易-费迪南·戴都什）的《茫茫黑夜漫游》在1932年出版后的几十年里，对小说的措辞产生了巨大的影响。除了对风格的影响外，它还使得主人公对崇高意义上的“英雄”地位的要求缩水。在这部以第一次世界大战为开篇的第一人称小说中，强硬、尖刻、来自工人阶级的年轻叙述者费迪南·巴尔达缪［与作者同名，并成为塞利纳后来的小说《死缓》（1936）中主人公的名字］，他很快就认定战争是一场毫无意义的屠杀，并因为精神疾病，主要是因为恐惧，住院治疗。简而言之，他绝不是英雄，因为他所看到的身边的英雄主义的例子似乎是从想象力的缺乏或单纯的愚蠢中骤然产生的。发现自己身处一家军事医院，院长的治疗理念是向病人灌输爱国情怀，于是巴尔达缪假装顺从，甚至讲述了一些故事，这些故事成为他在法兰西喜剧院细数其“英勇”冒险的基础。从佛兰德斯游荡到巴黎，再到西非，再从那里到美国，最后回到巴黎，他在那里成为一名医学博士，巴尔达缪是没有背负被强加的哲学枷锁的老实人。事实上，他对几乎每一个宏大的价值观免疫，这是在二十年后成为公认趋势的“荒诞”文学的先驱。他就像伏尔泰的角色一样，是一个批判的透镜，通过他谴责美国资本主义、法国军事和殖民阶级，以及作为英雄主义载体的文学本身。在精神科医生夸耀自己的方法得到认可中存在某种潘格罗斯式的东西——“我说，令人钦佩的是，在我领导的这家医院里，在我们每只眼睛的见证下，诗人和我们的一位英雄之间令人难忘地达成了一项崇高的、创造性的合作”——但是，巴尔达缪，毕竟是这个故事的叙述者，他是第一个看穿这番胡言乱语的人。塞利纳的叙述者破坏性的、一语双关的描述，通过将宏大淹没在琐碎或粗俗中，达到了祛魅的目的。在他看来，曼哈顿的银行就像是安静的教堂，出纳员的窗口就像忏悔室的铁栅，仅仅在几段之后，巴尔达缪描述了一间公共厕所里“拉屎工”的辛勤劳动。

塞利纳对俚语和流行节奏的运用，工人阶级的演讲与　种窄焦点叙事顺序相匹配，这种顺序使巴尔达缪的注意力集中在小细节上，同时激发读者从所有这些中提取这种附加评论的意识形态意义。塞利纳的创新，在不同的方面，对他同时代的年轻人，如（《局外人》中的）阿尔贝·加缪，以及多年后的作家，如（《母猪女郎》中的）玛丽·达里厄塞克都产生了巨大的影响。塞利纳的反犹主义以及后来与亲纳粹的维希政权的关系（战后他被宣布为“国耻”）并没有削弱《茫茫黑夜漫游》的巨大而持久的声誉。然而，民粹主义英雄巴尔达缪曾宣称“战争是我们所不理解的一切”，对于广大读者来说，他比同时代的另一部有关第一次世界大战的小说，罗杰·马丁·杜加尔的《1914年夏天》（1936，长篇小说《蒂博一家》的一部分，1922—1940）中的反战英雄更具有生命力，马丁·杜加尔因这部作品于1937年获得诺贝尔文学奖。也许，除了塞利纳作品的创造性和辛辣的黑色幽默之外，反战小说的这种持久的成功是由于巴尔达缪的泛犬儒主义之死，相比马丁·杜加尔笔下的理想和平主义的雅克·蒂博，前者似乎更接近于对现实的普遍看法。

第二次世界大战与集中营

虽然塞利纳在第二次世界大战后继续写作，但他的声望主要有赖于《茫茫黑夜漫游》和《死缓》，因为在战争期间和战后，阿尔贝·加缪和让-保罗·萨特开始占据民粹主义批评的一些相同的阵地，并为贯穿塞利纳作品的难以预测的怀疑和愤怒提供了连贯的哲学语境。战争本身，以及德国集中营，了结了许多作家的生命，改变了其他作家的生活。它有助于形成像午夜出版社这样持久的机构，午夜出版社在战争期间秘密地出版作品，并成为战后的主要出版社。这场战争结束了两次大战之间的许多有趣和实验性的东西，罗贝尔·德斯诺斯（1900—1945，在特雷津集中营死于斑疹伤寒）可能是最好的例子。1924年至1929年，德斯诺斯任《超现实主义革命》评论编辑，他出版了大量作品，借鉴了巴黎的流行文化和低俗的系列犯罪片《方托马斯》。

在超现实主义的圈子里，一个思想以笑话的方式流传开来的示例是萝丝·瑟拉薇这个人物，她出现在德斯诺斯1939年的作品《萝丝·瑟拉薇：精确的眼影、络腮胡和各种拳打脚踢》以及其他地方。1920年，多媒体艺术家马塞尔·杜尚创造“萝丝·瑟拉薇”作为第二自我。杜尚被曼雷拍成了女装的“萝丝”，随后德斯诺斯让“她”成为贯穿于他的一些诗中的人物，甚至直到1944年6月，也就是他去世前一年。在《春天》（1944年6月）中，我们看

图14　马塞尔·杜尚装扮的萝丝·瑟拉薇，1920—1921，曼雷摄影

到了以前俏皮的形象，现在被当作属于以前时代的想象而为人所记住，或者属于将要到来的时代，在诗人死于战争的舞台之后。

春天

你，萝丝·瑟拉薇，在这些流浪的界限之外
在一个为爱的汗液
为绽放于塔楼墙壁上的玫瑰的香气，
为水与泥土的发酵所苦的春天里。

鲜血淋漓，斜坡上的玫瑰，舞者，石头的躯体
出现在田地中的剧场里。
一个又哑又瞎又聋的民族
为她的舞蹈和春天的死亡欢呼。

好吧。但烟灰中的话语
在雨的指尖下随风而逝
但我们听见并听从了它。

洗衣间里水像云彩一般流淌过
肥皂，暴风雨大作，停歇
当太阳绽放于灌木丛的那一刻。

第八章

自我中心意识

《局外人》（1942）出版于第二次世界大战期间，与随笔《西绪福斯神话》和戏剧《卡利古拉》一并被其作者阿尔贝·加缪（1913—1960）称为“荒诞三部曲”。简单地看一下这三部作品的标题就可以看出，它们凸显的是那些与他们的社会中的正面英雄地位格格不入的中心人物，他们是局外人、失败者、怪物——或者兼而有之。在20世纪中叶，法语文学本身当然没有被边缘化。第二次世界大战期间作为成年人生活的一代作家中产生了六位诺贝尔文学奖获得者（弗朗索瓦·莫里亚克，1952；阿尔贝·加缪，1957；圣-琼·佩斯，1960；让-保罗·萨特，1964；塞缪尔·贝克特，1969；克劳德·西蒙，1985）。很明显，这是一个法国作家吸引了全世界目光的时代。在某些程度上，他们都或者自己是局外人（其中四人出生于法国本土之外），或者写的是令人难忘的局外人（莫里亚克的《寂寞的心灵》，1927；萨特的《恶心》，1938）。

非典型的英雄

《局外人》的书名指的是主人公默而索，一个条件和受教育情况中等的年轻人，在阿尔及尔的一个办公室工作，他无缘无故地射杀了一个年轻的阿拉伯人。这个故事以第一人称单数的简单语言叙述，展示了默而索逐渐意识到自己与周围社会的隔阂。这个文本不是正式的日记，但似乎是不定时写就的，有时记录刚刚发生的事情，有时呈现主人公打算做什么。默而索有一种相当漠然的特质，尤其是在开头，尽管与其说是缺乏情感本身，不如说是缺乏惯常社会形式下的约定俗成的戏剧化和情绪表达。第一句话就是很好的例子：

> 今天，妈妈死了。也许是昨天，我不知道。我收到养老院的一封电报，说："母死。明日葬。专此通知。"这说明不了什么。可能是昨天死的。[①]

在简单陈述句中，对细节，尤其是感觉倾注了大量的注意力，几乎没有解释。我们从默而索类似于老实人的视角看世界，像塞利纳的巴尔达缪一样，没有哲学可循或者去对抗（默而索的叙述确实让人疑惑伏尔泰的故事如果用第一人称叙事会是什么样子）。默而索喜欢游泳、抽烟、日光浴、和他的女朋友玛丽做爱。一次出游，在海滩上，默而索充当和事佬，从一个朋友那里拿过一把左轮手枪，朋友威胁要杀死一个和他起过冲突的阿拉伯人，但后来默而索开枪射中了阿拉伯人。他的叙述并不让人感到恐惧或敌意，而是联想到炎热，联想到炽热的阳光。

---

① 《局外人》译文摘自《局外人》，郭宏安译，译林出版社，2011年6月。下同。——译注

小说中最非凡的时刻是默而索在临行刑前的自我发现。在整个叙述中，主人公—叙述者似乎不假思索地记录下发生的事情。他对世界的看法是如此中立和缺乏感情，以至于他自己有时似乎是一个不在场的人，几乎是一个记录仪。但是他的监禁和审判——他更多地因为自己是谁而被审判，而不是因为阿拉伯人的死——使他意识到自己与其他人的不同，在他的反抗中，他变成了重要的人，一个自我："即便是坐在被告席上，听见大家谈论自己也总是很有意思的。"他在"世界的动人的冷漠"中发现了自己的存在，他最后希望当他被送上断头台时会有很多观众，他们会用仇恨的喊叫声来迎接他。一个几乎没有特征的人物最终以英雄的维度自我想象。

只有等待的戏剧

如果说默而索只是通过肯定自己的局外人身份而得以英雄化，那么塞缪尔·贝克特笔下的主人公显然从一开始就占据了局外人的位置。然而，贝克特（一位真正的爱尔兰—法国双国籍、双语作家）与加缪不同的是，他的人物与日常社会的世界保持距离。通常，缺乏同情心的中心人物和他们的意识构成了整个文本，就像小说《无名氏》（1953）里的声音。在贝克特的作品中，最容易理解和最著名的无疑是他的两幕剧《等待戈多》（1952）以及剧中悲剧性的流浪汉或小丑，对一些评论家来说，这是典型的"荒诞派戏剧"，这一术语也适用于贝克特的同代人欧仁·尤奈斯库（1912—1994）的戏剧，他是《秃头歌女》（1950）和《椅子》

（1952）的作者。两个男人在一棵树旁的瘠薄风景中等待某个从未谋面的“戈多”的到来，贝克特成功地完成了以此创作出一部引人入胜的戏剧的壮举。这一切发生在哪里？是否可以简单地将这两个人物描述为寄居于作者的意识中？

整部作品都有一种贫瘠和荒凉的氛围，这种氛围又被语言的简洁所加强。贝克特说，他用外语写作是为了使自己“贫瘠”

图15　1956年巴黎电影制作公司的一张照片，吕西安·兰布尔和皮埃尔·拉图尔在塞缪尔·贝克特的《等待戈多》中，摄影罗杰·布林

和“规训”，从而文本不会有风格和诗意。无论这是不是贝克特用法语而非用英语写作的真正原因，可以推论出，纵观历史，诗歌本身不同于普通话语的地方正是在于接受了语言的限制。在长达千年的法语文学的大部分时间里，抒情诗都是以“规训”了作者的诗体长度和押韵的固定形式写成的。同样地，中世纪的《玫瑰传奇》等重要的作品，从其人物形象中剥离了具体的次要特征，聚焦于对故事而言最核心和最具普遍性的东西。尽管《等待戈多》的演员不能被轻易地解读为寓言性的抽象概念——比如用“希望”“绝望”“理性”等来形容——但他们的对话传达了一个简化为最具示意性的人类存在的黑色幽默的版本。

弗拉季米尔和爱斯特拉冈，被称为狄狄和戈戈，前一天可能在同一个地点，在一起或不在一起，等待同一个人，不知道是否该等，想办法打发时间，并试图决定第二天他们要做什么。等待时，为了消磨时间，他们讨论在树上上吊——弗拉季米尔认为这会给他们带来性快感。在一场关于如何做到这一点的荒谬讨论之后，他们什么也没做——什么都不做是首要原则。在两幕剧的每一幕结束的时候，他们都决定离开，但舞台指示显示“他们站着不动”。[①]在每一幕的当中，另一对角色出现：波卓和他的仆人或奴隶幸运儿。弗拉季米尔和爱斯特拉冈的小丑形象中马戏团的魅力被这对新角色加强了，因为挥舞着鞭子的波卓似乎是一个能让他的人，由他牵着绳子绕圈的幸运儿，表演特技的马戏团领

① 引自施咸荣译本。下同。——译注

班——至少在第一幕里。到了第二幕，波卓是瞎子，不记得前一天发生的任何事。幸运儿在第一幕中表演了一段冗长的、不带喘气的、毫无意义的演讲（也许暗示着学习，甚至包括体育在内的所有人类成就的无用），在第二幕中却缄口不言。

在一个如此神秘、如此简练的文本中，寻找舞台上发生的事情与生活和思想世界之间某种联系的任务落在了观众的肩上。读者和评论家不厌其烦地抓住剧本最细微的方面作为诠释的基础。最明显的问题是“戈多”的含义：他是“上帝”吗？如果是的话，后缀“-ot”的意思又是什么？它是一个小词吗？它表示蔑视吗？每一幕接近尾声时，都有一个男孩带来口信：“戈多先生”今天不会来，而是第二天来。每一次，男孩都坚持说他以前没来过。弗拉季米尔和爱斯特拉冈听从了戈多要求他们等他来的请求，他们是否已经失去了行动能力，并把自己锁在了等待的监牢里？或者，认为戈多有朝一日会来的想法是弗拉季米尔和爱斯特拉冈唯一的慰藉？否则还有什么？

这出戏充满了几乎是警句形式的、令人难忘的黑色幽默——无论我们赋予其什么含义。爱斯特拉冈对弗拉季米尔说：“咱们老是想出办法来证明自己还存在，是不是，狄狄？”就戏剧中虚构的角色而言，这是一个非同寻常的问题。毕竟，有关角色存在的问题，如果有的话，传统上是由观众提出的，通常是诸如“这个角色可信吗？”这样的问题，也就是说，“这样的角色可能存在吗？”这就是17世纪有关高乃依的主人公和女主人公的争论。后来，在博马舍的《费加罗的婚礼》中，人物似乎要跃出他的角色之外，将等级制度抛到一边，通过过剩的想象、活动和欲望而占据他值得拥有的一席之地。在某种程度上——18世纪70年代末的王家审查员心中也很清楚——危险在于，费加罗或类似的人，会变得过于真实，不再只是舞台上有趣的人物，而是出现在巴黎街头，要求他们的权利。因此，有一部戏剧的中心人物，如爱斯特拉冈，远非评论意义上的“英雄”，唤起了人们对自身存在意义之渺小的关注，是非同寻常的。

角色的崩塌与重塑

这不是时代的异类。在第二次世界大战后的三十年里，角色的概念，与文学传统中许多其他概念或实践一样，遭到了激烈的 109
质疑。质疑有多种方式和多种体裁。例如，在尤奈斯库的《秃头歌女》中，角色的身份被分解成一小串名字。史密斯先生和史密斯夫人谈论某个叫“勃比·华特森”的人，或者说最初似乎如此，因为“勃比·华特森”越来越多。史密斯夫人说，她不是在想勃比·华特森，而是：

> 我想到是他妻子。她同她丈夫勃比一样，也叫勃比·华特森。因为他们俩同名同姓，见到他们俩在一起，你就分不清谁是谁了。直到男的死了，这才真知道谁是谁了。

表面上看，这是一出取笑英国中产阶级的戏剧，也取笑法国人对英国中产阶级的看法。但是，在法国存在主义（尤奈斯库通常与之没有关联）影响力的巅峰时期，也可从中窥见对个人身份的更广泛的焦虑，以及在被引用的段落中，对女性存在的焦虑。如果只有在丈夫勃比·华特森死后，女性的勃比·华特森才能与之区分开来，那么其原因可能就在此前一年出版的一本大获成功的书中：西蒙娜·德·波伏瓦的《第二性》（1949）。德·波伏瓦（1908—1986）凭借这本书吸引了大量的读者，书中分析了女性在特定角色中的文化神话：少女、女同性恋、已婚妇女、母亲等。

同时，在文学理论和文学批评以及政治和社会思潮中，人物或角色或代理人或中心叙事人物的概念成为小说大量讨论和实验的对象。小说这一体裁在19世纪末似乎已经僵化为一种“经典的”形式，几十年来一直受到攻击。诗人和文学哲学家保罗·瓦莱里曾在1923年批评小说缺乏严谨，结构松垮。在一个引人注目的阐述中，他抱怨普鲁斯特道，小说作为一种体裁，与梦异曲同工，即它们拒绝对自己的结构承担任何责任：“所有它们远离的都属于它们。”

关于小说的小说

在瓦莱里对这部小说发表尖刻评论的两年后，安德烈·纪德（1869—1951）写了一本关于写作小说的小说《伪币制造者》（1925）。主人公爱德华正在写一部与纪德的小说同名的小说，这个书名本身就宣告了对现实主义小说的批判。这种文本自我映射的结构，就好像一系列套盒，在法语中的术语为嵌套式结构（mise en abyme，字面意思是“置于裂隙中”），起源于纹章学，现已广为人知。这种文本对文本的映射批判在战争前几年和20世纪60年代变得很普遍。在让-保罗·萨特（1905—1980）的《恶心》（1938）中，第一人称叙述者，一位历史学家，长时间地反思了写作与存在之间的关系，并在叙事结束时决定停止写历史并改写一本小说——或许就是一本类似我们现在正在阅读的小说的小说。

小说中映射的影响深远的早期例子是被称为新小说的形式实验的主要运动的背景，这一术语由阿兰·罗布-格里耶在1963年的随笔《为了一部新小说》中广为宣扬。据知，“新小说”一词是埃米尔·昂里奥在对罗布-格里耶的小说《嫉妒》（1957；这个词也有百叶窗的意思）的负面评论中首次用来描述这类创作的。《嫉妒》阐述了新小说对中心人物的概念提出质疑的方式，以及其他许多被归于传统小说的惯例。

《嫉妒》是由一个无名的人物叙述的。事实上，动词“叙述”在这种情况下可能会产生误导，因为整个故事从未被真正讲述，而是可能由读者从看似重叠、有时重复、有时矛盾的片段拼凑出来的，这些片段更像是描述（它们是现在时态）而不是讲故事。在《嫉妒》中有姓名的人是A...、弗兰克和后者的妻子克里斯蒂娜。作品逐渐揭晓叙述者假设A...和弗兰克之间有绯闻。我们可以推断——从记录告诉我们的餐桌上设了四个位子，但克里斯蒂娜不会来等——这个叙述者是个嫉妒的丈夫。这个文本充分证明了“凝视派”这一术语的合理性，它也被用来指新小说。下面是一个典型的段落：

在他们身后的香蕉种植园里，一个梯形一直延伸到山上，自从种植了树根之后，还没有收获过一丛香蕉，梅花形栽法的规则依然是绝对的。

所描述的对象和事件故意是平庸的：餐桌的设置、卡车爬坡的声音、被碾碎的千足虫在墙上留下的污点、窗户、放在桌上的手。

尽管这些描述的来源从未确定，但它——或者更确切地说，他，丈夫——并非没有实体，因为在这个观点上存在强烈的坚持，从字面意义上说，鉴于文本中指定的距离、角度和光照条件，某些事物是可见或不可见的。叙述者的特征也可以从他所注意到的东西，从他的描述的用词和准确性，从他对某个时刻以及他所注意到的A...的某些特质的强迫回归推断出来。然而，除了通过这种对物质世界的描述的努力，我们无法接触到任何角色的想法，只有一系列线索。一个中心人物既无处不在，却又明明白白地哪儿都不在，这一矛盾的境况显示了作者在更新中心人物的表现形式方面极尽努力，这个中心人物远非“英雄”，但却是小说本身存在的根本。

这种对主人公范畴的创造性延伸在罗布-格里耶的同时代人中很常见。在米歇尔·布托尔（1926—2016）的与《嫉妒》同年出版的小说《变》（1957）中，主角（同时也是设想中的叙述者和读者）就是“你”（如果我们假设叙述者和主角是同一个人，形式代词的选择又扩大了与自身的陌生距离）。故事一开始，效果很强烈："你把左脚放在铜槽上，用右肩，你徒劳地试图将拉门再推开一点。"而在娜塔莉·萨洛特（1900—1999）的《金果》（1963）中，有关一部名为《金果》的小说（又一个类似于纪德的《伪币制造者》的嵌套形式）的大量对话的主题保证了通常由主人公赋予小说的连续性。

与此同时，抒情诗往往处于拓展人物和声音概念的前沿，在将文本的这些组成部分更加复杂化方面推进得更远。在伊夫·博纳富瓦的《论杜弗的动与静》（1953）中，一个"我"有时指的是一个名为"杜弗"（语法上是阴性的）的实体，似乎具有人类特征，但有时也会变成景观、动物和各种其他物体。抒情诗常常表现出它所处的环境的特征，并被环境特殊化，但博纳富瓦却走得更远。杜弗似乎被她所处的地方侵犯（而代词"她"的选择赋予其在这首诗中完全不确定的人性化）。通过创造专有名词"杜弗"，博纳富瓦让读者疑惑法语名词douve的哪一个含义最贴切：城堡的护城河、一种植物（长矛草）、寄生蠕虫，还是藤蔓植物。人物与地点的强烈联系将这一时期的抒情诗与其他体裁，如电影，结合在一起。

人物与地点

常常与新小说联系在一起，玛格丽特·杜拉斯（原名玛格丽特·陶拉迪欧，1914年生于印度支那，1996年在巴黎去世）为电影《广岛之恋》（阿仑·雷乃导演，1959）创作了剧本，并于1960年单独出版。这一时期的作家经常从小说到电影再回到小说——在与雷乃合作之后，杜拉斯自己后来执导了许多电影，就像罗布-格里耶在为雷乃的《去年在马里昂巴德》（1961）撰写剧本后也执导了许多电影。这些以书的形式出版的电影剧本，与当时许多没有拍摄甚至没有打算拍摄的小说，如《嫉妒》，几乎没有区别。作为印刷文本，这些剧本显然是法语文学的一部分，《广岛之恋》阐明一个主要人物形象的建构（或解构）与1945年被美国核弹摧毁的广岛之间的密切关系。

正如雨果的《巴黎圣母院》中的人物既是大教堂也是人类角色一样，敲钟人卡西莫多为教堂发声，因此在杜拉斯的剧本中，在一部关于广岛的电影中扮演护士角色的无名的法国女演员，以及成为她的情人的日本建筑师，几乎完全是为了讲述广岛被摧毁和

图16　阿仑·雷乃的电影《广岛之恋》（1959）中的一幕

战时法国的内韦尔被占领的经历。她给日本男人讲了一个她以前从未告诉过任何人的故事，故事是有关她在少女时期对一个德国士兵的爱。她和士兵计划结婚，但他被法国抵抗军杀死，而她则受到家人的惩罚，她被剃了光头，关在一个冰冷的地窖里几个月。家人把她放出来后，她连夜骑自行车去到巴黎，她正是在巴黎看到报纸头条宣布轰炸广岛的。他告诉她，她在广岛什么也没看见："你在广岛什么也不曾看见。一无所见。"[1]她坚持："我都看见了。毫无遗漏。"这番陈述在剧本中附有闪回到医院、博物馆、轰炸后的城市照片的拍摄指南。语言或形象上的毁灭的不可再现性贯穿于两个恋人的对话中。尽管女人在内韦尔的经历更容易描述，但在那个时候也是一个禁忌的话题。法国与德国占领军的大量合作是法国媒体几乎从未提及的主题，直到十年后马塞尔·奥弗尔斯的《悲哀与怜悯》问世。

杜拉斯的角色可信，但晦涩。他们就是他们所说的，而他们所说的关乎爱与毁灭。剧本的力量在很大程度上来自咒语般的对话，它从表面上真实的对话滑向与普通讲话相去甚远的话语，比如女演员反复说的一句话："你害了我。你对我真好。"这是杜拉斯作品中普遍存在的对战争、殖民主义和文化关系的色情观点最明确的表达之一，实际上，也出现在20世纪50年代末的其他小说和剧本中，当时法国正逐渐痛苦地失去殖民地。在这部电影的结尾，杜拉斯明确指出了男人和女人的城市身份。法国女人看着

① 《广岛之恋》译文摘自谭立德译本，上海译文出版社，2012年3月。下同。——译注

她的爱人——舞台上的指示牌上写着“他们彼此看着对方，却又视而不见”——说“广——岛。这是你的名字”，他回答说，“这是我的名字。是的。[我们就到此为止，仅此而已。而且，永远停留于此。] 你的名字是内韦尔。法——国——的——内——韦——尔”。杜拉斯在这里近乎使用了中世纪最突出的人物寓言，然后向博纳富瓦的诗歌投去一瞥。

第九章

说法语的主人公无国界?

在20世纪的最后二十年和21世纪的前十年，第二次世界大战那一代的伟人们将法语文学的舞台让给了拥有新的关注点的一批新作家。这些同时代人中的很多小说家普遍将新小说的形式实验抛诸脑后。其中的许多作家，如安东妮娜·马叶（1929— ）、玛丽斯·孔戴（1930— ）、埃莱娜·西克苏（1937— ）、阿西娅·杰巴尔（1936— ）、达尼埃尔·皮纳克（1944— ）、拉法埃尔·贡菲扬（1951— ）、帕特里克·夏穆瓦索（1953— ）、米歇尔·维勒贝克（1956年生于留尼汪）和卡里斯·贝亚拉（1961— ），就像他们的前辈玛格丽特·尤瑟纳尔（1903—1987）、阿尔贝·加缪（1913—1960）、圣-琼·佩斯（1887—1975）和克劳德·西蒙（1913—2005）一样，出生于法国大陆——法国本土，或者常用称呼“六边形”——之外。其他人出生在六边形中：安妮·埃诺（1940— ）、让-马里·古斯塔夫·勒·克莱齐奥（1940— ）、迪迪埃·戴南科（1949— ）、玛丽·恩·迪亚耶（1967— ）和玛丽·达里厄塞克（1969— ）。

法语国家作家，或在法国的作家？

这些作家中的绝大多数都有一个共同点：他们表现出法语文学矛盾的收缩与扩张。21世纪之交的法国失去了大量的殖民地（阿尔及利亚、印度支那、摩洛哥），但它的文化领域，即“软实力”，仍在增长，因为法国人身处最直言不讳地声称抵制美国文化影响的阵营。在过去的几十年里，人们常常将这些作家中的一些人——例如马叶、孔戴和夏穆瓦索——形容为“法语国家”作家，而其他作家——如西克苏、维勒贝克和加缪——从来没有被归为此类，尽管他们都出生在法国本土以外。谁是或什么是“法语国家”作家？是否存在“法语国家文学”？根据权威法语词典《法语宝库》的解释，这个词可以追溯到1932年，它的意思是“会说法语的人”，但在英语国家的大学里，这个词几乎只被用来指代来自非洲、加勒比和北美的作家。不可否认的是，今天法语文学的生命力很大程度上来自诸多重要作家的认可，例如塞内加尔的莱奥波尔德·塞达尔·桑戈尔、奥斯曼·塞姆贝内、谢赫·哈米杜·凯恩、比拉戈·迪奥普等；科特迪瓦的阿玛杜·库忽玛；摩洛哥的德里斯·克莱伊比和塔哈尔·本·杰伦；海地的罗杰·多尔辛维尔和勒内·德佩斯特；以及其他许多既使用法语语言又有法国殖民文化经历或文化记忆的作家。但这些作家所处的概念框架仍然存在疑问。

2007年3月16日，巴黎《世界报》发表了一份题为“为了法语的‘文学世界’”的宣言，由四十四位具有影响力的作家签署。在其中，他们宣称那一年标志着“法语国家（文学）”的终结暨法语文学—世界的诞生。可以从很多角度来看待这样一批杰出的“法语国家”作家是如何走到宣布文学终结的地步的，曾经是文学让他们广为人知。可以说，“法语国家文学”的学术概念——由其倡导者构想，主要是为了在法语文学研究中创造更大的包容性——取得了如此巨大的成功，以至于超出了它的可用性。也可以说，“法语文学”这一概念被其自身的不一致和不连贯压垮了。最后，可以说，这个词似乎带有种族主义色彩，对许多被如此指称的作者而言是种侮辱。正如常驻巴黎的摩洛哥作家塔哈尔·本·杰伦所说：

> 法语国家的人被认为是外星人，从别处来的人，他被要求待在一个指定的地方，脱离“真正的”的法国作家。
>
> ——《我记忆的地下室，我房子的屋顶是法语词汇》，收入《为了文学—世界》，米歇尔·勒·布里、让·鲁奥编，巴黎：伽利玛出版社，2007，第117页。

这些不同的解释并非不相容。

总有理由将文学分门别类，包括一篇文章写就的地区、时期、作者的性别、阶级、种族、宗教、性向或政治派别；文本本身的形式或一般特征；传播或出版的方式等。在世纪之交，法语作家的一个主要的主题共识是，个人、国家和其他群体的明显稳定的身份类别不再被视为理所当然，包括法语国家——边界和归属本身并不过时，但是它们已经指数级爆炸，并于现在成为作者和叙述者的声音以及主人公无尽变化的源泉。

自历史而来的小说的新声

让我们考虑一下，比如，来自瓜德罗普岛的法语作家玛丽斯·孔戴的一部非常成功的小说《黑人女巫蒂图芭》(1987)，其中的主人公和叙述者是一名非洲奴隶，从巴巴多斯被带到新英格兰殖民地，于1692年尝试当一名女巫。她在婴儿时期就成了孤儿，被赶出种植园，好让她死在森林里，她被一位非洲女巫医抚养长大，学习草药和通灵术。她不是奴隶，因为她是被赶走而不是被卖掉的，她看待生活的方式与非洲同胞不同，但她甘愿为爱变成奴隶。当丈夫被卖掉并从巴巴多斯被送到波士顿时，她一路跟随。蒂图芭这个人物是在真人原型的基础上创作的，孔戴从17世纪晚期马萨诸塞州的女巫审判档案中收集所有她能找到的相关资料(孔戴赋予了蒂图芭非洲血统，尽管这不是历史学家的主流观点)。但在试图为蒂图芭写一本从未写过的传记，或者更确切地说，是她从未写过或没有幸存下来的自传时，孔戴显然是为一位20世纪晚期的读者而写的，她必然会用现代的方式思考。蒂图芭用“种族主义”和“女权主义”这两个术语来描述观点和实践，第一个用来描述世界的真实面貌，第二个用来唤起孔戴认为当时的女性一定感受过的渴望。人物—叙述者蒂图芭不是单一意义上的想象出的人。蒂图芭不仅仅是孔戴想象中的历史人物的一个版本，也是一个具有想象力或远见的人物，某种程度上是逆向的玛丽斯·孔戴。作为一个聪明的女人，或者说“女巫”，蒂图芭可以看到死者并与之交流，也可以在死后与活着的人交流。

《黑人女巫蒂图芭》显然超越了“法语国家”小说的任何界限——因此，无怪乎玛丽斯·孔戴签署了2007年宣言。这是一部用法语写成但并未展示法语语言文化的作品，而是展示了17世纪说英语的殖民地世界。蒂图芭，一个说英语的人，毫无歉意地用法语讲述自己的故事。这部作品经常提到其他文学传统，例如，纳撒尼尔·霍桑的《红字》（1850）中的女主人公海丝特出人意料地以一个朋友，也可能是蒂图芭的情人的身份出现。其他角色，好的和坏的，有英国人、美国殖民者、非洲奴隶或加勒比出生的非洲人和欧洲—非洲混血后裔的奴隶（比如蒂图芭自己，一个因母亲被“基督国王号”船上的英国水手强奸而出生的孩子），以及葡萄牙犹太人。

蒂图芭的价值观和人格的一个一以贯之和非常明确的方面是，她抵制复仇的呼吁，甚至在面对反复和极端的暴力时也是如此，例如她母亲因反抗企图强奸她的种植园主而被处决（谋杀）。同样重要的是，她拒绝接受分裂为平静的“快乐奴隶”的外在自我和愤世嫉俗但“自由”的内在自我——这是她丈夫约翰·印第安采取的立场。蒂图芭含蓄地传达了这样一种观点：这种对内在“自由”的主张本身就是一种缺陷，它贬低了人的价值，阻碍了一切真正的幸福。

女主人公的蜕变

“女巫”是一个通常用来侮辱或威胁女性的术语，但孔戴却通过把蒂图芭塑造成一个真正的女英雄而实现了颠覆，这显然意味着读者对蒂图芭的认可。玛丽·达里厄塞克的《母猪女郎》［1996——法语书名*Truismes*玩了个关于truism（意为不言自明的道理）这个词和truie（母猪）一词的文字游戏］，其中叙述者—女主角发现自己被变成了一头母猪。达里厄塞克的创作类似于伏尔泰的《哲学辞典》以及卡夫卡的《变形记》，但是以一种独特的充满天真自嘲的声音。虽然女权主义的前提似乎相当明显（男人看待和对待女人如同她是“母猪”——这是对女性的无数侮辱性的词汇之一，尤其是在她们的性取向方面），但将这种自负展现出来是一种壮举。在一个非常现实的现代世界里，将隐喻的真理化为一个幻想场景，这在第一人称叙事中尤其困难。卡夫卡笔下的格里高尔·萨姆沙，在故事一开始就已经彻底变成了一只蟑螂，达里厄塞克笔下的无名年轻女子与之不同的是，她逐渐地变化和脱离她的小猪形态，与男性角色互动的界限也在变化和模糊。

当她变得越来越像猪时，她发现自己的性欲越来越高涨，在她做按摩师（事实上是做妓女）的“美容院”里，她新的性方面的主动性吸引了更多兽性的顾客，尽管她越来越像猪的皮肤、鼻子和鬃毛最终结束了她的家庭和职业生涯。当主人公以一种天真的方式讲述自己的经历时——事实上，甚至比老实人更不具有评判性——达里厄塞克探讨了男性对性的态度的矛盾性以及政治制度的腐败。作者巧妙地将文化背景和幽默交织在一起，当主人公爱上了一个名叫伊凡（名字似乎是故意选择的，以回忆中世纪的布列塔尼剧目）的狼人时，她甚至回顾了八个世纪前玛丽·德·弗朗斯在《狼人之诗》中聚焦的狼人传说。

对西方社会的批判

《母猪女郎》的圆满结尾——女主角决定当一头猪，因为“对在森林里生活而言这更实用”，她在森林里找到了伴侣，“非常漂亮，很有男子气概的”一头野猪——与八年前出版的一个无情且悲观的轰动性丑闻形成了鲜明对比，“猪似的”这个形容词大概很适合后者：米歇尔·维勒贝克的《碎裂》（1998，在美国以《基本粒子》为书名出版）。事实上，两位主人公中的一个梦见自己“外形是一头皮肤紧致、光滑的小猪”。这部作品的第三人称叙事是多调性的，包括一个学术传记，传记是有关两位主角之一的，他们是同父异母的兄弟，被分开抚养长大。其中一个，生物学家米歇尔，过着一种近乎禁欲的生活，致力于基因研究；另一个，布鲁诺，教授法语文学的中学老师，认为性是他生活的唯一理由。他们不同的人生道路给他们带来了不幸，也毁了所有接近他们的女人的生活。叙事本身设法使它所触及的一切都似乎令人厌恶：科学、宗教、食物、性、友谊。整个叙述贯穿着预言性的“科学”陈述，关于基督教信仰的终结和一个不可抗拒的唯物主义世界观的到来。米歇尔儿时的女朋友很爱他，青春期时被他断然拒绝，她被描述为绽放出毁灭她的美丽：

> 从13岁开始，受到她的卵巢分泌的黄体酮和雌二醇的影响，脂肪层在女孩的胸部和臀部形成。这些部位，在最好的

情况下，会得到一个丰满、和谐、浑圆的外观。

叙述者和每一位男性主人公都有关于科学、决定论、宗教、人类学和社会价值观的长篇独白，他们的声音都提出了这样一种观点，即西方社会由于性自由和个人主义的兴起以及基督教和家庭的衰落而处于一种衰败晚期的状态——在所有这些中，1974年被认定为灾难年。就其穿插在漫长的哲学论述中的性描写（例如，布鲁诺以相当具有破坏性的方式手淫）的篇幅而言，维勒贝克的作品与萨德的很相似。另一方面，尽管这本书不停地说教，但从中可以获得什么样的要旨却十分不清楚。然而，就广泛的文化氛围而言，维勒贝克恰逢其时。《基本粒子》在“千禧年”到来之前两年出版，那时到处弥漫着不祥的预感。媒体曾警告说，计算机代码故障“千年虫”将使机场、银行，甚至家用电器瘫痪。与此同时，各种起源的许多原教旨主义宗教运动正在各自的势力范围内，为基督教和伊斯兰教右翼的候选人选举积极积蓄能量。

以及对东方的批判

维勒贝克持续的痛苦，暗含着对社会价值观的权威性重新组合的诉求，希望以此消除个人选择和集体异化，与之形成对比的是，与此同时，阿梅丽·诺冬（1967— ）出版了一部小说，欢乐地颂扬了家长式制度的背景下欧洲的个人主义和自我责任感，而《基本粒子》有时似乎是称颂家长制度的。在《诚惶诚恐》（1999）中，她以第一人称讲述了阿梅丽的故事，她是出生在日本的比利时人，精通日语，为一家日本大公司工作。阿梅丽小说的意境与杜拉斯在《广岛之恋》中的阴暗的、有棱角的、令人不快的精神完全不同，但它与这部电影剧本有着共同之处，都描绘了在个人以及他们对彼此的情欲（我们想起杜拉斯的文本中的一句话："你害了我。你对我真好。"）方面，不同文明之间的关系。在诺冬的小说中，阿梅丽痴迷于监督她的日本女人的美貌，后者分配给她越来越贬损人格的任务，直至比利时女主人公除了打扫御本公司总部四十四层的男女厕所外，别无他职。阿梅丽对自己作为翻译和商务策划师的才华被完全滥用而感到讽刺的快乐，其中对主管森吹雪的个人的情欲爱慕，与范围更广的文化魅力——西方文化对神秘东方的迷恋——是分不开的。因此，描写性段落既揭示了叙述者的教育和欲望，也揭示了它们的对象，在这部作品中，寓意的转向通过致敬帕斯卡尔《思想录》中最著名的段落之一[①]来表达：

> 在我面前两米，她脸上的景象令人着迷。她眼睑低垂着看数字，这使她看不到我在研究她。她有世界上最美丽的鼻子，日本鼻子，这只无与伦比的鼻子，有着精致的鼻孔，千里挑一。不是所有日本人都有这种鼻子，但有这种鼻子的一定是日本人。如果克利奥帕特拉有这样的鼻子，这个星球的格

---

① 指《思想录》中对克利奥帕特拉鼻子的描写："克利奥帕特拉的鼻子：如果那只鼻子再短一些，世界的整个面貌都有可能改观。"《思想录》，钱培鑫译，译林出版社，2012年8月。——译注

局将会彻底改变。

挥之不去的主题：第二次世界大战

“法语国家”的局限性以及可接受的主角的边界在《复仇女神》（2006）中遭到激烈的挑战，这部作品不仅荣获著名的龚古尔奖，而且还赢得了法兰西学院小说类大奖。作者是乔纳森·利特尔，1967年出生于纽约，小说出版时是美国公民（他后来也获得了法国国籍，尽管他并未定居法国）。一个美国人赢得这些奖项的怪现象本身无疑会引起争议，但对于一个有犹太血统的作家来说，以纳粹党卫军军官的视角写一部小说，而军官本人也曾参与杀害犹太人，这被许多人认为是相当骇人听闻的，特别是因为与更狂热的刽子手相比，作者做了一些努力使叙述者“具有同情心”。主人公马克西米利恩·奥伊在讲述他如何写回忆录时，不经意地提到长期以来饭后呕吐的倾向，并说他更喜欢工作而非休闲，因为工作让他不去想战争（也许利特尔在法国中学时对帕斯卡尔的学习使得《思想录》里的评论在此产生回响，即保持忙碌以不去想重要的事情[①]）。奥伊经营着一家蕾丝厂，已婚，是一对双胞胎的父亲，他的目标是做外表体面的中产，以此掩饰他的同性恋性向，并且使他来自战争的耻辱感消失。

利特尔的小说在形式上非常传统，尤其是与几十年前的新

① “一个人无论怎样幸福，但假如没有某种阻碍无聊蔓延开来的热情或娱乐让他消遣或忙碌，他马上就会忧伤和可悲的。”摘自《思想录》，钱培鑫译，译林出版社，2012年8月。——译注

小说实验相比。似乎近些年法语小说主要的创作努力之一是构思不同寻常的主人公，他们的第一人称叙述延伸至不同的身份界限，强调民族、性别以及种族身份。

法语“文学世界”运动没有比法国作家让-马里·古斯塔夫·勒·克莱齐奥更好的代表了，他的小说《饥饿间奏曲》在2008年10月出版，此前他刚成为最新获得诺贝尔文学奖的法语语言作家。瑞典文学院甄选委员会的一名成员的颁奖词以下面这个问题开头：

> 人物对文学作品有什么作用？罗兰·巴特坚持认为所有文学惯例中最过时的是专有名词——彼得、保罗和安娜，他们从未存在过，但当我们阅读小说时，我们被期待认真对待他们并感同身受。

勒·克莱齐奥在这种观点盛行时开始了他的写作生涯，然而从第一部小说《诉讼笔录》（1963）开始，他就通过主人公的眼睛展示世界，他的主人公，例如《诉讼笔录》中的亚当·波洛，往往是他们敏锐观察的世界的局外人。勒·克莱齐奥的叙述涉及很多地方：《沙漠》（1980）和《奥尼查》（1991）中的非洲，《寻金者》（1985）和《检疫》（1995）中的毛里求斯（他祖先的故乡），《流浪的星星》（1996）中的巴勒斯坦，《乌拉尼亚》（2006）中的拉丁美洲。他展现了从他众多人物的角度来想象世界的极大能力，但勒·克莱齐奥顺应了过去几十年的法国小说潮流，从高度实验性的、往往难以追循的叙事转向了更直截了当的故事。

在《审讯》中，主角，有时也是叙述者，是疯子，而《饥饿间奏曲》跟随艾黛尔，一个相当普通的主人公，从1931年她十岁时，直到第二次世界大战结束。但在这两部相隔四十五年的小说中，人物都与海外世界有着千丝万缕的联系。亚当·波洛似乎刚从阿尔及利亚革命期间的法国军队服役归来，而艾黛尔的父母来自毛里求斯，她的故事以她最喜爱的记忆为开端：1931年她与亲爱的叔祖父参观了殖民地博览会。正如诺贝尔奖颁奖词所说，勒·克莱齐奥的作品“属于文明批判的传统，在法国本土可以追溯到夏多布里昂、贝尔纳丹·德·圣皮埃尔、狄德罗和[……]蒙田”。在这个方面，勒·克莱齐奥高度代表了他自己的时代，一个关于民族和语言认同的后殖民批评和辩论的时代。因此，他的作品无论就其起源还是就其持续变化而言，都是很好的法语文学入口。

无休止的邂逅

正如我们已经看到的，法语文学传统既将文本植根于其最初的历史时刻，又允许它们穿越几个世纪的时间相遇。文本，换句话说，有点像克劳德·莫奈著名的系列画作《睡莲》（1906—1926）中的睡莲。睡莲各自扎根在池塘底部的土壤中，但它们的茎向上漂浮，这样叶子和花朵就会在水面上移动接触。正如勒·克莱齐奥的作品穿越几百年的时间遇见贝尔纳丹和蒙田的作品，达里厄塞克对动物性和人性之间交替界限的描述也与玛丽·德·弗朗斯的《短歌故事集》产生互动，而普鲁斯特的小说则经常提到17世纪的作家。维勒贝克作品的道德主义传统与帕斯卡尔和拉布吕耶尔的有相似之处，伊夫·博纳富瓦将波德莱尔的回声融入他的诗歌中。这样的邂逅肯定会继续下去，而且多亏了图书贸易的往来，魁北克的读者很容易买到塞内加尔或阿尔及利亚作家的书，以前相隔甚远的作家今后一定会吃惊地发现彼此近在咫尺。法国在互联网文化资源开发方面也一直走在前列。法国国家图书馆在网上提供数以万计的书籍，而电台，如法国文化和法国国际广播电台，则提供文学文本阅读和文学讨论的下载服务。

与法语文学文化的日益增长的传播同样重要的是普及这样的观念，即至少在西方国家中，对英语世界而言，只有法语知识文化是最重要的替代品。对一些人来说，“备选”的概念很容易滑向“反对”的概念，从而意味着敌意和斗争。对其他许多人，包括这本书的读者来说，法语文学传统提供了一个受欢迎的看待世界的新视角，无论过去还是未来的世界。在一个受到相同威胁的世界里，我们从来没有像现在这样需要法语的**差异**。

译名对照表

A

anti-heroes and the marganized 反英雄与边缘化

automatic writing (écriture automatique) 自动写作

B

Balzac, Honoré de 奥诺雷·德·巴尔扎克

The Human Comedy (*La Comédie Humaine*)《人间喜剧》

Baudelaire, Charles 夏尔·波德莱尔

Le Spleen de Paris《巴黎的忧郁》

The Swan (*Le Cygne*)《天鹅》

To a Woman Passing By (*À une passante*)《致一位过路的女子》

Beaumarchais, Pierre Caron de 皮埃尔·加隆·博马舍

Eugénie《欧仁妮》

Moderate Letter (*Lettre modérée*) "温和的信"

The Barber of Seville (*Le Barbier de Séville*)《塞维利亚的理发师》

The Marriage of Figaro (*Le Mariage de Figaro*)《费加罗的婚礼》

Beckett, Samuel 塞缪尔·贝克特

Waiting for Godot《等待戈多》

Bernardin de Saint-Pierre, Jacques-Henri 雅克-亨利·贝尔纳丹·德·圣皮埃尔

Paul et Virginie《保罗和薇吉妮》

Bibliothèque Nationale de France 法国国家图书馆

Bonnefoy, Yves 伊夫·博纳富瓦

On the Motion and Immobility of Douve (*Du movement et de l'immobilité de Douve*)《论杜弗的动与静》

Breton, André. *Nadja* 安德烈·布勒东《娜嘉》

Butor, Michel. *Second Thoughts* (*La Modification*) 米歇尔·布托尔《变》

C

Camus, Albert 阿尔贝·加缪

The Myth of Sisyphus (*Le Mythe de Sisyphe*)《西绪福斯神话》

The Stranger, the (*L'Etranger*)《局外人》

Céline, Louis-Ferdinand. *Journey to the End of Night* (*Voyage au bout de la nuit*) 路易-费迪南·塞利纳《茫茫黑夜漫游》

Celts 凯尔特人

chansons de geste 武功歌

Chateaubriand, François-René de 弗朗索瓦-勒内·德·夏多布里昂

René《勒内》

I

J

K

L

M

N

P

R

S

扩展阅读

General

Wendy Ayres-Bennett, *A History of the French Language Through Texts* (London: Routledge, 1996).

Peter France (ed.), *New Oxford Companion to Literature in French* (Oxford: Clarendon Press, 1995).

Denis Hollier (ed.), *A New History of French Literature* (Cambridge, MA: Harvard University Press, 1989).

Colin Jones, *The Cambridge Illustrated History of France* (Cambridge: Cambridge University Press, 1999).

Sarah Kay, Terence Cave, and Malcolm Bowie, *A Short History of French Literature* (Oxford: Oxford University Press, 2003).

Eva Martin Sartori (ed.), *The Feminist Encyclopedia of French Literature* (Westport, CT.: Greenwood Press, 1999).

Sonya Stephens (ed.), *A History of Women's Writing in France* (Cambridge: Cambridge University Press, 2000).

Medieval and Renaissance

Barbara K. Altman and Deborah McGrady (eds.), *Christine de Pizan: A Casebook* (New York: Routledge, 2003).

Simon Gaunt, *Retelling the Tale: An Introduction to French Medieval Literature* (London: Duckworth, 2001).

Sarah Kay, *The chansons de geste in the Age of Romance: Political Fictions* (Oxford: Clarendon Press, 1995).

Sarah Kay, *The Troubadours: An Introduction* (Cambridge: Cambridge University Press, 1999).

Neil Kenny, *An Introduction to Sixteenth-Century French Literature and Thought: Other Times, Other Places* (London: Duckworth, 2008).

R. J. Knecht, *Renaissance Warrior and Patron: The Reign of Francis I* (Cambridge: Cambridge University Press, 1994).

Ullrich Langer, *The Cambridge Companion to Montaigne* (Cambridge: Cambridge University Press, 2005).

John Lyons and Mary McKinley, *Critical Tales: New Studies of the Heptameron and Early Modern Culture* (Philadelphia, PA: University of Pennsylvania Press, 1993).

Deborah McGrady, *Controlling Readers: Guillaume de Machaut and His Late Medieval Audience* (Toronto: University of Toronto Press, 2007).

Michael Randall, *The Gargantuan Polity: On the Individual and the Community in the French Renaissance* (Toronto and London: University of Toronto Press, 2008).

Jane Taylor, *The Poetry of François Villon* (Cambridge: Cambridge University Press, 2001).

17th and 18th centuries

Faith E. Beasley, *Salons, History, and the Creation of 17th-Century France* (Aldershot and Burlington: Ashgate Publishing, 2006).

Jean-Claude Bonnet, *Naissance du Panthéon: Essai sur le culte des Grands Hommes* (Paris: Fayard, 1998).

Peter Brooks, *The Novel of Worldliness: Crébillon, Marivaux, Laclos, Stendhal* (Princeton, NJ: Princeton University Press, 1969).

Robert Darnton, *The Forbidden Best-Sellers of Pre-Revolutionary France* (New York: W. W. Norton, 1995).

Joan DeJean, *Tender Geographies: Women and the Origins of the Novel in France* (New York: Columbia University Press, 1991).

William Doyle, *The French Revolution: A Very Short Introduction* (Oxford: Oxford University Press, 2001).

Anne E. Duggan, *Salonnières, Furies, and Fairies: The Politics of Gender and Cultural Change in Absolutist France* (Newark, DE: University of Delaware Press, 2005).

James F. Gaines, *Social Structures in Molière's Theater* (Columbus, OH: Ohio State University Press, 1984).

Dena Goodman, *The Republic of Letters: A Cultural History of the French Enlightenment* (Ithaca, NY: Cornell University Press, 1996).

Michael Moriarty, *Early Modern French Thought: The Age of Suspicion* (Oxford: Oxford University Press, 2003).
Michael Moriarty, *Fallen Nature, Fallen Selves: Early Modern French Thought II* (Oxford: Oxford University Press, 2006).
Orest Ranum, *Paris in the Age of Absolutism: An Essay* (University Park, PA: Pennsylvania State University Press, 2002).
Lewis Carl Seifert, *Fairy Tales, Sexuality, and Gender in France, 1690–1715: Nostalgic Utopias* (Cambridge: Cambridge University Press, 1996).

19th century

Tim Farrant, *An Introduction to Nineteenth-Century French Literature* (London: Duckworth, 2007).
Alison Finch, *Women's Writing in Nineteenth-Century France* (Cambridge: Cambridge University Press, 2000).
Cheryl L. Krueger, *The Art of Procrastination: Baudelaire's Poetry in Prose* (Newark, DE: University of Delaware Press, 2007).
Rosemary Lloyd (ed.), *The Cambridge Companion to Baudelaire* (Cambridge: Cambridge University Press, 2005).
Christopher Prendergast, *Paris and the Nineteenth Century* (Oxford: Blackwell, 1992).
Debarati Sanyal, *The Violence of Modernity: Baudelaire, Irony and the Politics of Form* (Baltimore, MD: Johns Hopkins University Press, 2006).
David Wakefield, *The French Romantics: Literature and the Visual Arts 1800–1840* (London: Chaucer Press, 2007).

20th and 21st centuries

Lucille Frackman Becker, *Twentieth-Century French Women Novelists* (Boston, MA: G. K. Hall, 1989).
Victoria Best, *An Introduction to Twentieth-Century French Literature* (London: Duckworth, 2002).
Dorothy Blair, *Senegalese Literature in French* (Boston, MA: Twayne Publishers, 1984).
Patrick Corcoran, *The Cambridge Introduction to Francophone Literature* (Cambridge: Cambridge University Press, 2007).
Edward J. Hughes, *Writing Marginality in Modern French Literature, from Loti to Genet* (Cambridge: Cambridge University Press, 2001).

Ann Jefferson, *Biography and the Question of Literature in France* (New York: Oxford University Press, 2007).
Shirley Ann Jordan, *Contemporary French Women's Writing: Women's Visions, Women's Voices* (Bern: Peter Lang, 2005).
Michael Lucey, *Never Say I: Sexuality and the First Person in Colette, Gide, and Proust* (Durham, NC: Duke University Press, 2006).
Christopher L. Miller, *Nationalists and Nomads: Essays on Francophone African Literature and Culture* (Chicago, IL: University of Chicago Press, 1998).
Charles Sowerwine, *France since 1870: Culture, Politics and Society* (Basingstoke and New York: Palgrave, 2001).